林園水塘部

曹馭博 詩集

[illegible]

林園水塘部

1

結束了一段嚴守喪期齋忌的漫長幽居，用祝聖過的布巾潔淨了勝郎的遺體後，天草美雪開始進行淨身儀式，去除因丈夫亡故所帶來的穢氣。再怎麼說，總不好要求年輕寡婦把自己浸入不久前才淹死了丈夫的溪流；神道教法師雙唇緊閉著，只在她周圍輕輕搖著被草川河水濡濕了根部的松樹枝，囑咐她安心展開新生活，也莫忘向給予她勇氣和力量的神明表示感謝。

美雪完全理解法師勸慰話語背後想傳達的意思：儘管勝郎過世讓她艱難的處境更加困頓，他仍希望能收到這位年輕女子對神表達的實質謝意。

或許美雪對神明洗淨她穢氣真懷有一絲感激，可她卻怎麼也無法原諒諸神任由草川（它畢竟也是祂們的一員）奪走了她的丈夫。

所以她只願意給予微薄的佈施：一些白蘿蔔、一串蒜頭、幾塊糯米糕，不過她用布巾巧妙地包裹著，特別是裡頭幾根碩大的白蘿蔔，令此奉獻的份量看起來像是一份更為貴重的禮物。法師信以為真，開心離去。

而後，美雪強迫自己清理屋子，雖然她從來沒有將物品依序歸位的習慣，她比較是隨手擱置的那種人，甚至會故意亂放，反正勝郎和她擁有的東西實在不多。也正由於他們身無長物，看到物品東一處西一處的，霎時有種富裕的幻覺。「這個飯碗是新的嗎？」勝郎問，「妳最近買的？」美雪隻手摀嘴掩笑，然後說道，「它一直都在架上啊，從裡面數來第六個碗。是你母親給的，你不記得了嗎？」美雪任憑碗摔落、滾過蓆子（而且她還沒有馬上撿起來）、停住、翻覆，跌入一束陽光中，這碗映照著陌生的光芒，以至於勝郎沒能馬上認出來。

美雪想像富裕人家總是活在一團混亂之中，像是那種正因雜亂而顯得美麗的自然景致。草川不也是在驟然大雨之後，吃進帶泥的棕色雨水，含著樹皮、青苔、豆瓣菜花、腐爛發黑卷皺的葉片，而更顯壯麗？這時的草川河面不再閃閃發亮，布滿了泡沫漩渦組成的同心圓，就像瀨戶內海的鳴門漩渦。有錢人，美雪心想，應該就是像這樣被他們數不清的朋友所送的數不清的禮物漩渦給吞了吧，還有那些自己向流動商販買來的各種令人眼花撩亂的瑣碎物品，那些完全沒在意價錢、也不管自己用不用得著的東西。他們總是需要更多的空間來擺設小玩意兒、堆疊廚具、懸掛衣物、陳列香膏，以及存放那些美雪甚至叫不出名字的財物。

這是一場沒有盡頭的追逐、人與物之間的激烈競賽。當房子像顆熟透的水果那樣被強塞的大批無用之物給擠爆時，滿溢的財富也腐壞了。這樣的景象美雪從沒見過，可是她聽勝郎說過，在他幾趟往返平安京的途中，曾看到幾戶巍峨宅邸的牆壁像是從內部爆開，一些乞丐在豪宅的碎瓦殘礫之間掘挖翻找財物。

勝郎親手建造的屋子裡，有一間房間是泥地板，另一間是裸光的木頭地板，而位於茅草屋頂下方閣樓的穀倉必須爬梯子才上得去。四周牆面低矮，因為他得在蓋牆壁和捕魚之間做選擇。屋裡到處都是捕魚設備，作用很廣：漁網曬在窗前作為窗簾、堆起來當作寢具，晚上則用弧形木頭浮標充當枕頭，而勝郎清理魚池的工具也是美雪拿來炊飯用的。

存放鹽巴的罐子是漁夫和妻子唯一的奢侈品。它只是一個仿中國唐代的陶器，焙燒過的陶土飾有簡約的牡丹和蓮花圖樣，表面上了一層棕色釉彩，可是美雪覺得它擁有超自然的力量。這只陶器在母親傳給她之前，一直在母親家族裡代代相傳，歷經多個世代，卻毫髮無傷，真是個奇蹟。

若整理屋子得花個把時辰，那麼徹底清潔房屋，就得耗費美雪兩天的時間。這都歸咎於他們從事的行業：捕魚和養魚，特別是受人崇敬的鯉魚。每次溯溪歸來，勝郎從不花時間清除衣物上滿滿的黏膩汙泥，汙泥總在動作匆忙之間濺上牆壁。他一心只想用最快的速度將鯉魚從柳條編成的魚簍子裡放出來，深怕牠們掉了鱗片，或是斷了口鬚（若是如此，便入不了內廷總管的眼了），再把牠們倒入屋前鑿挖的魚池——其實也就只是地上一塊淺凹的水塘而已。水位齊岸的魚塘裡滿是美雪在他外出時添入的昆蟲幼蟲、藻類和水生植物的種子。

在那之後，勝郎會連續好幾天蹲坐在腳跟上，觀察他所捕獲的魚，特別嚴加照看他覺得最適合送往天皇御池的那幾尾。牠們不只得長得好看，還必須身強體壯，才能挺得住前往京都的漫長旅途。

勝郎不太愛說話。他若開口，通常用暗示而非肯定的說法，讓對方享受猜測他未竟想法的樂趣。

勝郎過世那天，別人把他先前捉到的五、六隻鯉魚倒入魚池時，美雪像丈夫生前那樣蹲坐在池塘邊，入迷地望著魚群們因惶惶不安而不斷繞圈的樣子，像是囚犯在探查監獄的邊界。

即便她懂得欣賞鯉魚的美，懂得品評牠們泳姿是否活潑、精力是否充沛，不過她對勝郎如何評估魚隻的耐力可是一點兒頭緒都沒有。她不願欺瞞村人，更不願欺騙自己，於是，她起身，撢去灰塵，轉身離開魚池，走進家中，就是村子裡最南邊那戶。摻雜在茅草屋頂中的貝殼，珍珠色那面朝向天空，陽光反射，驚動了在樟樹上築巢的烏鴉。

村人因為美雪強迫自己專注於清潔屋牆樓板而鬆了一口氣。

他們很怕她為了與勝郎相聚，用細繩與木條製成的絞架前往黃泉之國。這份擔憂並非因為她太年輕（二十七歲已是一般農婦的平均年齡，她該為所擁有的感到滿意了），而是由於她知道一些勝郎的祕密。自此之後，能夠維繫村子與平安京宮裡特殊關係的人，只剩下她了：獻上珍貴奇特的鯉魚作為宮廷御池裡的活體裝飾，用以換取所有居民幾乎全額稅賦的免除，還有每年園池司司長渡邊名草讓勝郎帶給大家的禮物。這裡的居民住在不牢固的低矮茅屋裡，外人都稱他們為島江人。

渡邊大人甫遣派三名官員新訂購一批錦鯉，取代沒能熬過冬天的那些鯉魚。

勝郎過世後沒幾日，某天清晨，園池司的使節就在濕潤的霧氣中翩翩出現。前一晚剛下了場大雨，使得清晨濕潤的霧氣像是飄盪在森林光暈中的布幔。

他們之前來訪都是走路來的，旅途讓他們筋疲力盡，在村莊賴了兩週，吃住全由村人提供。這讓島江人付出了昂貴的代價，因為在官員日漸恢復力氣的同時，清酒也喝得越來越豪邁。但這次他們是騎馬來的，由一位舉著皇家顏色絲質旗幟的騎兵陪同。他們捨棄舒適狩衣不穿而穿著戰袍，胸前與背後的鐵甲發出輕而脆的撞擊聲響，好似古老破舊的鐘聲。他們突然出現，嚇跑了聚集在打穀場編織稻稈的幾名婦女。

身為村莊的首長，夏目挺身站在三位騎士面前畢恭畢敬地迎接，因為他們代表皇室。夏目雙手交疊，身子彎低，脖子與背部齊平，同時暗忖著當朝以講究文明而名滿天下的君王，怎能容忍這些行經各省傳派其命之人顯現出如此不雅的一面：坐在塗了黑漆的木製馬鞍上，身子懶洋洋地搖擺，腦袋擠在頭盔和護脖之間搖晃，護甲上布滿穿過森林時沾上的青苔，這些密使讓人忍不住聯想到腹部鼓脹、滿溢著噁心膠狀物質的巨型七足蟲。不過，也許主上從未親自見過這些人：某個從五位下的輔官在舉薦名單上勾選了這些名字（至於他為何勾選了這些名字而非別的名字，沒人明白原因），並將名單呈交給某個正四位下的稽核官員，後者慢吞吞地層層上報，漸次通過審核，最終總算回傳來到渡邊名草的手中。他沒多加思考，很快地大筆一揮便核准了。這一切，與其他關於全國六十八個省份的各種事件，天皇都毫不知情。

皇家御史得知勝郎過世的消息後極為不悅，他們面色扭曲，喉嚨咕噥著，透出不快，甲冑也摩擦碰撞發出聲響。夏目為了平息使節的怒氣，將美雪介紹給他們。他們靜靜地打量美雪，在遮住臉部的木製面具與惡魔尖牙裝飾之下轉動著他們的黑色小眼睛。

當年輕的美雪屈身跪下，身向前傾直到額頭都碰觸到了地上灰塵的時候，村長向使節保證，勝郎之寡妻必定將如同勝郎從前那般一絲不苟地服侍他們。於是，為了將使節哄得服服貼貼，夏目先奉上豐富的一餐：蕎麥麵、海帶、魚，配上用鹽巴和酒醴醃過的蔬菜，接著還陪同使節一路前往瀑布，他們則從那裡繼續了返回平安京的旅程。

然後他才回來與美雪商量。「妳先生在被發現的時候就已經過世了，幸好他生前抓的鯉魚都還活得好好兒的，」此時他親切和藹地睇視著美雪，彷彿她得負責讓所有魚隻都活得健健康康，「使節對此大大讚賞了一番。」

「使節？那幾條肥蟲嗎？在朝廷裡最不受重視的就是這些官員了，所以他們才會被派遣到窮鄉僻壤，否則，單單捎來一封信就夠了。」

這表示她讀得懂信嗎？能確定的只有她相當勇敢。夏目因為自己不識字便不反駁，不願冒著丟臉的風險觸及他不熟悉的領域。

一陣沉寂。或許是正在思考美雪方才對他說的話，夏目只是沉默地看著在池塘中靈動自在、徐徐游著的鯉魚。

「派遣三位騎士的花費絕對比僅僅一位信使來得昂貴，」他說。「在我看來，園池司特別重視這次的訂購以及後續情況。妳就盡快動身前往平安京吧。」

「是，」美雪以從未有過的溫柔語調回答，「您希望的話，我明天就出發。」

喉頭溢出滿意的低聲咕噥，夏目絲毫沒想過勝郎的死可能讓美雪對各種事都變得提不起勁，比方說跋涉前往平安京。他對啃噬著美雪的悲傷毫無所感，放任她像個空蕩蕩的軀殼，黯沉如灰。

不論基於何種原因，這個女人，現在該稱作這個寡婦，夏目從沒好好看過她一眼。她太纖瘦了，不像他喜愛的那些情婦。僅僅幾日，她的臉頰就因悲傷而凹陷，更凸顯了長梗野草似的清瘦身形。不過，他說不定還是可以帶她回家、把她許給兒子，因為一直沒有找到中意對象的兒子偏好悲傷的女人。他曾說雖然眼淚是鹹的，但多數悲傷的女人都散發出一股討人喜愛的香甜水果味。若阿原（夏目兒子的名字）不願意接受漁夫的寡妻，夏目依然能把她養胖，用來取悅自己，這項消遣與美雪的魅力——她未來的魅力——同樣令他感興趣。他在腦中想像著自己藉由強迫餵食讓美雪變得豐腴的畫面，這將使天性柔順的她變得更加美好可人。

「妳會送多少隻魚到宮廷去？至少二十隻，是吧？」

「鯉魚生活所需並不多，」美雪說，「但牠們需要很多水。勝郎背負的魚簍子容量不大，裡頭裝越少隻魚，牠們就能少受些苦。」

她不敢說的是，她雙肩能夠負荷的重量可不比勝郎，而若運魚的痛苦將超過她所能承受的限度，魚簍裝載的水量是她唯一能夠討價還價的名目。

「二十條魚，」夏目重複，「村子最少就得給出這個數目。」

若非確信能夠找著稀有的錦鯉，勝郎是不會冒險去到河川下游的。然而就在修善寺的溢洪道後方，這一部分的草川滿是美麗炫目的魚群，且因為魚隻都被來自上游瀑布的激流給沖昏了頭，變得非常容易捕撈。牠們彷彿暫時歇息，幾乎任由水花運載，隨波逐流。

像勝郎這樣有經驗的漁夫，只需要將雙手伸進水中，張開指頭，等待鯉魚湊上來用鼻子磨蹭他的手掌就行了。這時他需要做的僅是闔上指頭，在牠們腮邊輕按，讓魚隻放鬆，釋放牠們因與人接觸而僵直驚恐的壓力。儘管雙鰭不斷開闔，但魚身全然交付給撫摸牠們的勝郎的手，柔軟順從。然後勝郎會趕緊將鯉魚捧出溪流，小心翼翼地放入其中一個用稻稈編成、泥土封住的魚簍子。

通往勝郎捕魚處的蜿蜒小徑，沿途滿是茂密的野櫻桃樹、柿子樹、柳樹和藍松，毛茛穿梭生長在樹林與叢生的野草之間，乍看是條賞心悅目的步道。但勝郎並未掉以輕心，他知道這其實是一條危險的小徑。地上的泥土很快就被雨水沖刷出小溝壑，踩踏其上恰似跌入虎口。一開始往河流下游走去時，揹著空簍子的勝郎還可以全心留意步伐；但回程就不是這麼回事了，為了維持裝滿了魚和水的簍子與支撐魚簍的竹竿之間的平衡，勝郎必須平視遠方，任何一點搖晃都會喚醒原本昏沉的魚隻，讓牠們變得狂躁，即便勝郎把牠們關在蓮莖編織而成的細孔魚簍裡，有些魚還是跳得出來。

勝郎受過兩次傷。

第一次只是扭傷。雖疼，但他把竹竿從中間折斷當成兩根拐杖，還是順利走回了村莊。不過他被迫暫時拋下魚簍，把它藏在因大雨而生的新綠之間，像是上了層綠釉的長草之下。當勝郎一跛一跛地走回島江，他聽到背後傳來野獸在森林間窸窸窣窣的聲音，他知道牠們一定會把他的魚找出來吃掉。

第二次就更嚴重了，他折斷了腳踝。這一次，無論有沒有拐杖，他都沒辦法再站起來了。他得下定決心慢慢匍匐前行，拖著因骨折而腫脹灼熱的腳踝在凹凸不平的小路上顛簸爬行，痛到大叫出聲。除了腳傷的折磨，他的膝蓋、臀部、肚子也都因爬行而傷痕累累、皮開肉綻。疼痛不已又發著燒的勝郎，邊打著哆嗦，邊試著爬到路的另一側，那邊的土地因為河流經常性的氾濫，被浸潤地較為疏鬆。他先是因為濕潤而新鮮的泥土緩解了身體的灼熱而感到一陣放鬆，但接著他爬進一處遭受侵蝕的區域，此處毫無任何植被，造成黏土質的護坡道突然下陷，也迫使勝郎滑向草川，弄濕了臉。顯而易見的坍塌並不可怕，更駭人的是潛藏在光滑堅實的地表之下被溪流掏空而成的隱蔽溝壑，它們根本承受不住勝郎的重量。果不其然，就在一處河彎前，路面崩塌了。

一頭白蒼鷺安詳地凝視著這個渾身是泥、氣喘吁吁的男人因疼痛而扭曲猙獰，然後，突然間，消失在水與泥的一陣騷亂之中。

勝郎的一隻手還在水面上，朝向天空絕望地摸索，想抓住什麼東西。他的手指碰到了河岸，指頭牢牢扣上泥濘的地，深陷入其中，但濡濕的泥土在他的指節中漸漸流失；他的手舉向空中維持了幾秒後又再下沉，然後，近乎優雅地，沒有濺起一絲水花，勝郎的手就像被溶入了河水裡頭。

這時，白蒼鷺的喉嚨發出一陣顫動；但這可不是出於對漁夫的同情，不，這個男人的死亡與這隻據說會帶來厄運的大水鳥的吞嚥動作之間，僅僅是個巧合而已。

2

三月二十四日發生在島江的事件，讓村裡七十三戶人家對美雪的穩重自持印象深刻，因為她挺過了一場沒人認為她能承受的艱困考驗。

漁婦素以愛發牢騷聞名，她們若不是尖酸刻薄地批評著丈夫或者財政大臣的不是，就是在碎念柳樹的品質年年下滑，讓釣魚器具被草川河水消磨損壞的速度比起從前快了兩到三倍。然而，事實上是這些女人編織魚簍的能力欠佳。

她們從喉嚨深處發出泫然欲泣的聲音責怪著丈夫，為了太小隻的魚；為了他們的衣服總是濕漉漉的，比農人的衣服更快穿壞；為了漁網的洞太大，總讓最美的魚隻溜走。她們也哀嘆著皇室大臣很少訂購新鯉魚來填滿平安京裡的御池。

然而，她們怪罪的對象不該是官員，而是勝郎，由於他送去的魚隻總是活得不可思議的久，園池司甚至還想頒給他鯉魚大師的殊榮；但這頭銜並不存在（至少園池司的文官們並未找到相關的官方記載），而一想到新的榮銜從申請創立到經官方批准之間繁瑣的過程與麻煩，渡邊就打消了念頭。更何況，勝郎什麼都不要，他揹著裝滿鯉魚的木桶，穿梭在亭閣廟宇之間，選擇環境與溫度最合適的池塘倒入魚隻，連續幾天觀察牠們是否適應（在池邊蹲著，靜止不動，就像在島江一樣，只除了這裡沒有妻子會把飯端來給他、夜裡天冷時為他披上稻稈編成的外衣），並提供如何餵養及在不驚嚇魚隻的情況下將牠們轉移到另一個魚池的建議，因為一旦受驚，鯉魚就會失去牠們外皮上那層像是抛了光的銅似的光澤。

當他們前往美雪家告知勝郎的死訊時，村人們原本預期著一幅悲慘的景象。這可憐的女人一定會死命抓著他們，大聲咒罵奪走丈夫性命的河神，咒罵夏目和他的手下們總是為了鯉魚買賣而慫恿勝郎多抓些勇猛健美的魚，也許，在過度悲傷之下，美雪還會詛咒天皇，因為是天皇要求水池裡必須滿盈著生氣勃勃的鯉魚，但他一定從來沒有花過時間慵懶地坐在池邊，好好地欣賞牠們。

但沒有，美雪任由村人說三道四、述說著丈夫的死——他們知道的部分其實少得可憐——她就只是歪著頭，貌似難以相信村人所說的話。

他們說完時，她發出一聲壓抑的悶喊，隨即癱軟倒下。

她倒下的方式很奇特，像是在雙肩跌向地面的同時漸漸將自己捲起來。隨著這身螺旋式癱軟，美雪的喊聲懸在空中，轉瞬即逝，接著她的雙唇就只溢出幾不可聞的呼吸聲。然後，她的額頭撞到地上發出一記悶響，像是一只沒拿穩的木碗從高處摔落，裡頭盛裝的東西全都散了出來一樣。

美雪的思緒如同碗中熱呼呼、飄著香氣的成團米飯，四散一地。將散落各處的飯粒一顆一顆收集起來放回碗中，是個太過麻煩的工作。這種時候，最好是拿支掃帚一把掃掉，或者拿桶水來沖過地面。昏厥的美雪腦中約莫就是這麼運作的：在撞擊的震盪下，她將所有凝聚成她意識能量的飯粒（記憶、情感、對外界的知覺）一股腦兒地拋到了九霄雲外，讓自己僅存著維持生存的必要功能。

失去了感覺，美雪靜靜地倒在地上一動也不動。村人將她抬起來放到蓆子上。她很輕。夏目注意到美雪的衣服，在她恥骨的位置，有一滴水漬逐漸散開。傾身靠近時，夏目聞出了尿騷味。他猶豫著要不要告訴其他人，但一想到美雪可能會覺得丟臉，又想到沾了尿的濕布在風乾過程中散發的味道聞起來就像魚腥味，而沒有人會覺得鯉魚漁夫的寡婦身上有魚的味道奇怪，於是他什麼都沒說。

夜半，一陣空洞的彈撥聲響，把美雪從稍早失去意識的昏眩中給吵醒；夏目雇來了十幾名傭兵，為了保護島江不受或將來襲的中國海盜侵犯。他們空撥著弓，沿襲著宮中在夜裡禁止喧嘩而用彈撥弓弦來報時的傳統。

亥時甫過，子時到來。時值滿月，月光皎潔，照得地上的影子像黑得發亮的墨跡，就像剛剛才被畫上去的。

美雪睜開眼睛，第一眼看到的是勝郎的屍體。村人將勝郎放在一口打開的箱子上陰乾，怕從他濕漉衣衫和毛髮之間不停滲出的髒水會污染了地板。事實上，這麼做一點意義也沒有，因為在勝郎的屍體跨過門檻的那一刻起，死亡的不潔早已沾染了整個屋子、屋裡的東西（我們知道並沒有多少）、動物（主要是勝郎從草川帶回來的鴨子），還有那些把屍體抬回來的、參加守靈夜的、以及在四十九日的喪期間必須踏進屋子的村人們。

依照慣例，美雪得為訪客準備一個器皿，裡頭裝滿鹽巴，讓他們可以往身上灑，以去除穢氣；但她對該用哪種容器才合適感到毫無頭緒（碗，盆子，還是鍋子？或者一大片荷葉，讓人想起那條奪走勝郎性命的河流？）；無論如何，家裡的鹽快用完了，她也沒錢買到足夠用於儀式的分量。美雪意識到失去了丈夫的生活將會充滿許多惱人的問題，而她得獨自一人面對。但一想到這，美雪馬上對自己的自私感到惱怒，畢竟勝郎的命運也沒比她的更令人羨慕多少，至少在他剛剛離世的那段不穩定時期，這時的魂魄總會焦急地渴望重返人間，並在無法如願的情況下陷入憂愁與絕望。在這之後，則端看何種宗教信仰掌握了真理。若神道教說法為真，勝郎就會下到幽冥地府，那裡與人間相似，有山、有谷、有田野森林，但永遠比人間灰暗，也或許，他正與家族的先祖一起照看著美雪，直到她加入他們的行列——這可能不算最糟的假設。而若是佛教徒掌握了事實，那麼魂魄在前世生命的消逝與來世的存有之間遊蕩的期間則會相當短暫，勝郎因為失去了形體、肉身與感受而惶恐不安的時間也就不會太長。

有人帶了一只裝滿清水的石盆和一柄竹勺給美雪潔淨丈夫的身軀。

三天之後，勝郎的遺體就要被綁在一樁架在村外的木頭上火化。接著，得在餘燼中挑出他的骨骸，從腳骨開始直到頭骨，並依同樣順序放入骨灰罈，讓亡靈不至於頭腳顛倒而窘迫不適。美雪會把刻有勝郎名字的牌位放到供桌上。骨灰罈會放在家中四十九天，被收到的花束、食物、香燭及倒入的祭酒給填滿，然後骨灰罈就會被埋葬，從此以後，就沒有人會再提起鯉魚漁夫了。

美雪溫柔地輕撫著勝郎的身體，忍不住低聲問了出口，她往他身上澆的水會不會太冷、她濕潤的手撫過的地方是不是他想被撫摸的地方？她再也聽不到勝郎發出舒服的咕噥指引她手指頭該往何處去，以及手指的力道。

包住勝郎的泥土讓他看起來像是一只陶器，一只陶土製的高大瓶罐。瓶身的裂痕在濕潤的掌心撫按過後被擦去、填滿。美雪趁著沒人注意的時候，最後一次將雙唇貼上已經變得異常冰冷的巨大陽具。

它嘗起來的泥土味使美雪感到驚訝。當勝郎還活著、當他的陰莖在美雪口中變得越來越飽滿時，嘗起來就像生魚或者鮮嫩溫暖的竹筍，而當她終於釋放了它的汁液時則有著新鮮杏仁的味道。此時，美雪舌下的陰莖淡而無味且滿是淤泥，如同平安京裡園池司為了清潔而排乾了水的聖池一樣。

美雪愛這個男人。並非因他是個好情人——她哪裡知道好情人該是如何？畢竟她也只有過勝郎一個男人。過去，他會無聲地從背後慢慢靠近並抓住她的雙肩，指甲刺入她的肉裡，他沉重的喘息，一種揉雜著成熟果子和沒鞣好的皮革氣味包覆住她的頸間，他會用膝蓋頂住美雪的下背來褪下她的襯衣，露出裡頭光裸的肌膚，緊貼著摩擦自己的陰莖，像是在偷偷地做著蛋捲。這行徑曾讓美雪惱怒。他不會拋下美雪自顧自地歡暢，只是會在美雪面前，而且用的方式不同。

一旦勝郎出門往河邊捕魚，美雪就會回到床上，重溫方才自己像被捕獵般的每一個細節：安靜地接近、跳撲、攫獲、肢解、吞食、饜足、夜逃。這種被野獸攻擊的想法往往便足以滿足她，她的鼻翼充血、抽動，微喘的呼吸聲越來越快，雙峰間冒出汗珠，乳房像是在邀人來咬似的；她發出短促且嘶啞的喊叫，臉部肌膚看來逐漸緊繃，她哽住喉嚨，然後突然間，美雪釋放了，背微微弓起，雙唇溢出一陣長長的口哨聲；這是她高潮的方式，就像草川柔緩地流過鋪著潮濕水草的河床。

美雪覺得丈夫的身體似乎變大了。或許是因為死亡而鬆弛，儘管這並不在法師教導的屍體變化九相之中。

屍體火化前夕，美雪先對其他女人行屈膝禮，接著在房間內快速碎步繞著圓圈走，從這端小步跳到另一端前。她假裝自己是鳥兒，脖子用力向前伸，雙臂張開，發出尖銳刺耳的哭喊，咕、咕、咕，模仿著灰鶴帶有鼻音的響亮叫聲，盼助勝郎如鳥兒般的靈魂可以飛往天堂裡的高原。

勝郎不信神，也不信預兆。沒什麼可以阻止他外出捕魚，不像其他漁夫會以本日不祥或者必須遵守宗教禁忌等理由留在家中。關於禁忌，勝郎只知道草川猛烈的水位上漲會把鯉魚給拋到河床底部。

他不是那種會問問題的人，不管是問自己或問別人。他通常說好，偶爾說不，但幾乎從不問何處、何時、為何、如何。年輕的時候，勝郎應該也曾表現出跟其他孩子一樣的好奇心，但隨著年紀漸長，他慢慢認為對事物追根究底並沒有什麼用處，因為無論如何，他都不可能改變任何事。他的想法變得如同河川下游浮出的岩石一樣平滑，疲憊、氣餒、淡漠，都深藏不露。比起草川河岸被水侵蝕的情形，這些情感更加消耗他的能量。

勝郎從未求神問卜決定哪個夜晚適合捕魚，魚就在那裡，或者不在那裡，這就是唯一的因素。月亮的形狀或顏色也許會影響女人的心情，但不會影響修善寺河口魚群的出沒行蹤。

美雪也是如此，對預言不感興趣。有些貪饞的法師來家裡警告她，說這趟旅程有些凶兆，不過他們可以幫她消災除厄，只要在細麻繩上寫下她前往平安京御池的漫漫長路上將會經過的每一家神社名稱並放進香囊。法師說這是強而有效的護身符，可保她平安來回。美雪只須獻上幾瓶供奉神明的黑酒、一頓用鹽和花鰍調味的麻糬，再加上許多長壽菇點綴就行了。

這並非盛宴，只如同她從前為勝郎準備的其中一頓好吃的。但美雪推卻了法師的提議，她可絕不能動用夏目以全村人的名義贈與她的金錢，這筆錢該為運送鯉魚前往御池的旅費和幫助鯉魚適應環境所用。此番運送歸來後，村人應該會指派另一位漁夫取代勝郎。新的漁夫不太可能找她幫忙將鯉魚送至平安京，他必定會自己運送，因為如果不是捕了魚又親自送往平安京的話，這工作根本毫無利潤可言。

那麼，美雪從平安京回來之後，得好好思考未來的生計了。

她將會變成無地可耕的佃農，這是農人階級裡最糟糕的狀態了。往後，誰能保她生活無虞？她是否能受雇於人幫人舂稷子？或者到重信大人的田裡做牛做馬？若是這樣還有個好處，除了能夠免除土地稅，偶爾還有機會可以抓隻野鴨，因為重信大人讓牠們在他的土地上自由成長，吃掉雜草的同時，也吞食了影響稻米生長的害蟲。美雪唯一能夠確定的是她不會餓死，因為草川在修善寺河口處自古便長滿了許多水生牽牛花和又尖又長的葉子，口感柔嫩，吃起來還有股淡淡的滋味。

如果只有美雪自己一人，她是可以立刻動身出發的，因為魚隻已經多到讓她帶不動其他的行李。她只會帶一件用紫藤莖纖維織成的厚衣、幾口鮒鮨以及一些年糕，讓她可以在長達幾小時的行旅中維持體力。到了晚上，或是下著大雨、受暴風肆虐的白天，很可能會讓魚簍裡的水生出青苔。前往平安京的路上，從遠江國和三川町開始就有越來越多的客棧，美雪將會在其中一間停歇。

她想起勝郎談到這些客棧時那閃閃發亮的眼睛，有時他甚至還會笑出來。他最喜歡的是六晶客棧、初采客棧（如此命名暗喻採摘柿子之意，至少勝郎是這麼認為的）、紅蜻蜓客棧、雙月映泉客棧。

離開島江之前，美雪得幫她的鯉魚們準備一個非常堅固的住所。

前往京城的路上，美雪計畫儘量緊貼著河流走，以防萬一。這麼做會使旅程延長，但萬一魚簍意外毀損，可確保鯉魚依然能在新鮮的流水中保持活力充沛。總之，雖然美雪已經盡可能地加強魚簍的密封性了，還是不可能滴水不漏。為了讓喜歡陰暗的鯉魚能夠安適地待在魚簍中，也為了讓魚簍盡可能地防水，勝郎習慣用陶泥填補魚簍的縫隙，接著在魚簍內外再各貼一層布，然後在這層布上頭再塗上厚厚的一層陶土，日曬或風吹過強而使簍子產生裂縫的時候，只要把濕濕的手掌在表面抹一抹就行。不過，當鯉魚受夠了狹窄又不穩定的居住空間而躁動時，或是一個不穩腳步踩空讓扁擔晃動過大時，就會造成水的波動，讓水從簍子裡溢灑出來。

準備好魚簍後，美雪開始選擇要帶往京城的鯉魚。她首先揀選鱗片排列整齊又和諧，口鼻不會過短或過胖，魚鰭對稱，而且從頭到尾色澤一致的。這輪初選，她挑了兩尾全黑的鯉魚（一尾是閃著金屬光的亮黑，另一尾是絲絨般的霧黑）和兩尾暗黃色鯉魚，通常這種花色的成長與壽命都很驚人，以及兩尾有著彷彿流動的蜂蜜般深銅色澤的鯉魚。最後，她再選添了兩尾幾乎沒有鱗片，彷彿穿了皮衣的鯉魚。

為了確保所有鯉魚都能有足夠的活動空間，美雪決定只帶相對小隻的兩歲大鯉魚，長度稍短於一尺，重約一斤。

她徒手抓魚，靈巧與耐心如同勝郎，手的捉捕彷彿只是溫柔撫摸。

等到夜晚來臨，她才脫衣入池，腳趾頭蜷曲著下水，以免在黏膩的池底滑倒。美雪不會游泳，可她腰部以下都浸在池水中，只要一失足就會溺水，只能小心翼翼地沿著魚池邊緣前進。她的膝蓋、大腿、私處，牽動黑色的水面泛起漣漪，打亂了水中出逃的月亮倒影。水很冰，昏暗讓她看不見魚，不過她感覺得到魚鰭輕抖、魚隻輕輕擦身游過，彷若走入一群紛飛的冰冷蝴蝶之中。

就像她曾看過丈夫做的，她用指甲抓了抓身體，當從皮膚上掉落的皮屑溶進水中，會被魚群當成池水裡的天然粒子。之前，勝郎就是靠著這方法讓魚隻對他日漸熟悉，直到牠們會自己游向前來，將肚腹就著勝郎的掌心休息。這個動作，每次都讓園池司的官員們看得入迷。

為了讓這些珍貴稀有的錦鯉能適應未來得度過漫長時光的居所，美雪耐心等待了快三日才動身。

她將前往平安京的旅途比喻作夏季的白天，始於朦朧薄霧，看不見風景輪廓，而後陽光會把霧氣驅散，起碼直到戌時暴風雨雲開始從地平線緩緩升起之前。自從勝郎死後，年輕的美雪好似活在一團濃霧之中，隔絕了外界聲音，生活亦頓失顏色。但她有預感一上路後迷霧便會被劃破，她就會看見世界真實的模樣，看見它的高低起伏。

再之後，當她遞交了她的魚隻，當牠們在御池中悠遊之時，她的生命又將再次變得扁平，這團迷霧又會再次攫住她。

「欸。」有個聲音說。

她張開眼睛，只見夏目向前走來，朝下看著她。

「妳在洗澡？」他問，「沒搞錯吧？」

美雪說她在馴養魚隻。至少，她試著這麼做。她現在是那些鯉魚唯一識得的指標，得讓牠們習慣她浸入魚簍水中的女性體味。

「我不知道他們會不會來。」夏目邊說邊指著村裡依然空蕩蕩的廣場。

他指的是村民的固定儀式，他們會聚集在勝郎身邊，陪伴他走到森林邊界。到了那裡，村人與勝郎彼此祝禱，祈願勝郎與他的鯉魚毫髮無傷地抵達平安京，並在重返島江的回程途中也同樣平安、從園池司收到的銀票不會被搶：那其中的四分之三將歸於島江村，剩下的才會讓勝朗與美雪一同前往屬於天皇的一處倉庫換取幾袋米、幾包麻和絲綢。

如同母雞面對一片穀子般，美雪多次低頭旋即抬起，小嘴發出尖銳高亢的一連串「噢！噢！噢！」的聲音。美雪說自己不值得村人護送，因為她連自己是否能夠走完一半的路途都不確定。

若她失敗了，沒有順利將魚隻提供給平安京的廟宇，那麼全村都將蒙羞，而且此後園池司將再也不會派遣官差前來訂購鯉魚。島江喪失的將不只是名望，還有村民賴以維生的主要津貼。當然，珍稀鯉魚的需求者還是會繼續求助於島江的漁夫，但財大氣粗的顧客絕對無法與講究雅緻的園池司相比。

負責填滿平安京魚池的任務是份殊榮，所以弓池、墨田、信濃的居民都不斷要求渡邊大人將這項任務交予他們，別總是直接託付給島江的漁民。美雪聽說小栗山、淺草和新潟的漁民聽到勝郎死訊時，還開心地低聲歡呼。

「最後，」夏日有些擔心地問，「妳帶了多少鯉魚？」

「我有四個魚簍，每個裝兩隻魚，總共八隻。」

「我不是要妳至少帶二十隻嗎？」他每次生氣的時候，聲音都會變得高亢尖銳。一窩燕雀以為聽到了狐狸的聲音，嚇得從樹叢中嘈雜亂飛。美雪低聲下氣地屈身於夏目面前，向他解釋每隻鯉魚都需要大量充足的淨水，二十條魚會產生過多的排泄物，很可能害牠們毒死自己。而且，美雪補充，八是個吉祥的數字，象徵著豐盛與財富。

「妳丈夫可是一次能帶二十幾條呢，不是嗎？拜託，我可不是隨便說個數字的！」

「勝郎能揹的魚簍比起我能揹負的還要大得多，他是個強壯、結實的男人。」美雪微笑著說，但村長夏目並未看見她的微笑，因為美雪一直都彎著身子。夏目只見兩綹又黑又亮的髮絲垂在她頸子的弧線上。

在門前的小供桌擺上祭拜的花束和幾個簡樸紀念自己祖先和丈夫的供品後，美雪在她的左肩搭上了長竹竿，兩端各有一個柳枝做成的盛水容器。

扁擔突然搖晃了一下，受到驚嚇的鯉魚開始在牠們的監牢裡游動，繞著同一個圓心，迴旋式地從底部向上游，再迴旋往下游回底部。這一動作，與水交流，就足以引起整竿擔子的震盪。而這脈動似乎震盪出了兩道音符，一聲來自竹子前方，另一聲來自後方。在兩道音符相遇之處，也就是擔子停放在美雪肩上之處，彼此疊合成一個完美的聲響。

而只要一丁點的改變就會造成音波的震盪，這也意味著竹竿正在晃向前方或者滑向後方，美雪就得趕緊重新平衡。

美雪穿過了村莊，夏目小步走在她身邊，儘管茅草屋頂上直直地升起炊煙，但那些屋子都是關著的，廣場與小路上都空空蕩蕩。

染上丈夫死亡的穢氣，又未能一絲不苟地遵守忌中限制（應當隱居家中三十日），美雪無法避免將身上穢氣傳給靠近她的人。年輕的寡婦了解村人選擇避開她，省得日後還得閉門多日進行淨身，除去由人類死亡所引起的、難以根除的凌厲穢氣。

「假設園池司撥給妳一筆款項，是我與他們派來的使者講定的，」夏目說，「條件是這些由妳帶去的魚到了京裡後，必須如同在這裡一般耀眼、靈動、優美」

「不，不，」美雪打斷他說，「我已經告訴過你了，不是所有的魚都能夠平安健康地抵達平安京，有可能到時候我連一尾都無法帶到御池。」

就算是像勝郎那樣盡其所能地小心照料，不也每次都會在路途中失去幾條魚嗎？只要一場暴風雨就會讓籃子裡的水變得混濁且發出惡臭。然後，魚隻會盡量游往底部，用肥厚柔軟的嘴唇啄擊囚禁牠們的簍子底端，像是要開出一條路，逃離汙染的水。接著牠們開始半浮半沉，魚隻就是這樣死去的。

在村莊的外圍，喘到無法繼續走下去的夏目坐到一棵樹下，並用驅離蒼蠅的手勢指示美雪繼續走。但到頭來，這或許是個祝福的舉動。

村莊的最後一棟房子被用作為全村的公共糧倉，屋頂蓋的不是茅草而是扁柏樹皮，而它再過去則是一片細分成三十六格小方塊的棋盤狀土地，每一格都是不同的綠色，看是種稻米、小米或是其他的穀物。等到美雪的身影經過棋盤的第三十六格，融入不斷從排水溝渠中升起的霧裡，夏目才離開樹下，返回村裡的廣場，並用粗啞的聲音喊道大局已定，漁夫的寡妻勇敢地隻身踏上前往平安京的路程，在漸漸升起的太陽下，她的長竹竿每次顛簸震動都閃爍著光芒。

一群秧雞低低飛過，牠們的叫聲聽來像是有小豬正被宰殺。

3

如同所有朝廷命官，渡邊名草大人備受禮遇，住在平安京最知名的交通要道朱雀大道上。

他住所的大門面對著富小路與六角小路，不過宅邸整體，包含屋舍與附屬宅院、菜園，尤其是庭園和裡頭連結到灌溉渠道的水池，都朝向朱雀大道。因為這個地理位置，渡邊得以自外於這條貫穿皇城的大道上各種混亂嘈雜與永無止息的赭色煙塵。

朱雀大道有三條通路，一條給男人走，一條給往來的車流走，一條則專門給女人走。然而，他的宅邸位於女人走的那條道路旁，渡邊有時候不得不等女人走過，才能穿越那條道路，走向給男人走的路。有天早上就是如此，他必須先讓一列女人通過，她們緩步慢行，七嘴八舌地談論著祭拜惠比壽大神的事，說著魚神多麼毛茸茸、狂野和歡悅。在此之後，園池司司長又必須耐心等待一列五十多名騎兵隨隊護衛的牛車隊伍永無止境的緩慢推進。

幸好，渡邊從朱雀大道走到朱雀門，也就是宏偉皇城建築的南門，之間的路途並不遠。

皇城確實是個城中城，除了包含著御所的內城，也就是內裏以外，還有許多宮廟以及直接隸屬於皇室的部司，園池司就位於其中一座中式建築的樓閣裡：木造的建築下方為石鋪地面，四邊都有階梯，建築四周有許多霧紅色的柱子環繞著，上了漆的屋瓦鋪成一扇人字形屋頂。

事實上，自八九六年起，園池司連同主油司與筥陶司都被併入了內膳司。儘管不存在於官方記載，不過司長的職掌仍被保留了下來；自此司被納編一百多年以來，一直都有個正六位上的高官獨立掌管花卉、蔬果、池塘的事務。

內膳司的人員編制相當多：四十名廚子、超過八十位的助手、買辦和當差跑腿的人，還有一位特別的神祇——爐竈之神，不僅肩負重要任務，也享有殊榮特權。不過，儘管有時會蒙召預備御神饌，內膳司司長對神明的熟悉度其實比不上渡邊，因為池塘是廟宇的神聖領域，園池司司長本人與佛教和神道教侍奉神明的僧侶長期保持著密切關係。

歷經各式誦經與菖蒲浴都毫無起色的背痛，讓渡邊無時無刻不弓著身子，唯有天皇到臨能讓年老的他眉臉不皺地直起身子。渡邊穿過好幾個鋪滿灰白相間玉砂粒的院子，青苔錯落地爬在灰色石粒上。可遮蔽風雨的迴廊連起外型相仿的小院子，形成一幅錯綜複雜的景泰藍掐絲彩沙畫。出於對天皇的尊敬，土牆建造的方式能使皇城在日正當中時不會被打上任何陰影，給予皇城一種不真實的光彩，像是一座浮在絢爛奪目的天空中的宮殿。

秋天的來臨代表需準備好面對越來越冷的日子，特別是越來越冷的夜晚。宮廷辦事處開始準備一些大火缽，用以加熱冬天裡緊緊包覆著皇城的冰冷空氣，儘管實際上火缽只能稍稍溫暖空氣。渡邊必須時時靠著牆邊，不只為了避開那些捧著火缽的僕人，更為了避開沿途飄散的炭火煙灰。一邊生氣地撣去身上的煙灰，渡邊一邊走進三間亭閣中的第一間，這三間亭閣都歸屬於已不存在但實際上仍然維持運作的園池司。

負責協助渡邊的六位官員之中，最年輕又最盡心的草壁篤人馬上起身，同時深深地鞠躬，讓這單純表示敬意的動作變成了某種舞步。

¶

在一場天皇於善福閣舉行的晚宴上，渡邊深深地為舞蹈中身形優雅的草壁所觸動，當時他扮演漁夫，發現了天人遺忘在三保海灘的松枝上那美麗不可方物的亮眼羽毛長裝。比起飾演公主的舞者，草壁看起來更為纖弱、更為耀眼、更為激昂，讓喜愛各種美麗人事物的渡邊馬上想將他納為副手。

「不好意思，我來遲了。」渡邊說，「不過如今在平安京裡移動變得非常困難。路上的人越來越多，熟面孔越來越少；城裡必定有很多不知從哪來、在這裡又沒事做的人。我欲向天皇呈報此事。」這是一種表現他仍有靠近天皇的特權的方式。草壁再次鞠躬。

「渡邊大人，我們已經盡力等待了，可惜還是讓您錯過了六角寺神父的來訪。」

「住在池塘旁邊小木屋的那一位？」

「正是。」年輕的副官回答，「他來抱怨司裡答應要給的鯉魚，連一張嘴都沒看見。」

草壁邊說，邊噘著嘴，學著鯉魚凸出的嘴唇，讓一干同事笑了，卻也大大地惱了渡邊。

「我們的使者何時會從島江村回來？」渡邊問道；由於他的下屬們一個勁兒地盯著他看，沒人回答，這讓他怒斥：「翻開記錄呀，看呀！查呀！找呀！總得給住在小屋的聖人一個答覆吧！」

對渡邊大人來說，生命是由許多小片段細密交織而成，如同地毯由許多的點所組成。一旦其中一小點脫離了網絡，儘管微不足道，整張地毯便極可能分崩離析。如此思維令他一刻都不得安歇，隨時留意是否有一丁點的行事瑕疵。

草壁鬆開榆木製漆面五斗櫃側邊的木栓，拿出一幅卷軸，展開詳閱，直到發現了他要找的東西。

「在這裡，」他說，「三位使節將於四月上旬回到平安京。報告指出，他們抵達島江時得知素往供應鯉魚的漁夫勝郎過世了，但是島江村長要勝郎的寡妻負責在合理的時間內將魚送到平安京來。」

「合理的時間？」渡邊的聲音揚起。

「約莫是三十多天，島江的人是這麼說的。」

「那位寡妻本人可同意？亦或是村長擅自以其名商議？」

草壁將卷軸移至陽光下，挑了挑眉，彷彿看不懂捲軸上的文字似的。事實上也是如此，紀錄者每個字都運筆甚深，書寫至墨汁用盡，讓筆劃似乎從中間逐漸裂解開來，越來越細、越來越淺，直到下一個字的開端才又恢復成模糊不清的深色書寫。

「卷軸沒記載。」草壁邊說邊深深鞠躬道歉，彷彿他該肩負起這份疏失的責任。

園池司司長露出一絲幾不可聞的不滿，不過，這當然不是針對草壁而發，他怒視另一位官員。

「知道勝郎的這位寡妻至少會帶幾條魚嗎？」

「園池司訂購大約二十條魚，至多二至三尾的差異，這是先前那位漁夫每次前來給我們的數量。」

「可以想見，他的妻子不可能跟他一樣。她年紀應該不小了，或許連站都站不起來。」

這麼說是為了表示他對漁夫寡妻的輕視，也是為了讓房間裡沉重的氛圍活絡起來。渡邊打開了插在外衣褶縫之間的大扇子，輕搖著。

「一待她放下那些可憐的魚，」他又說，「我會讓她知道我們不想再繼續向她的村子訂購。」

「需要我預先準備一份文件嗎，大人？」

年長的渡邊點了點頭。由於這是要與一些想必從未意識到園池司重要性的無知鄉下人解約，渡邊並不打算嚴格遵守規定，不管怎麼說，這些人什麼都不會懂。他也表明了與這些人在和紙上簽下解約聲明是無用之事，尤其自從座落於志夙川河畔的造紙廠開始使用桑樹皮製造紙張後，紙的表面彷彿添了層絲絨般的柔滑，讓宮裡的女官們都不願使用別種紙張書寫了，也造成紙價日漸上漲。要通知島江的村民說園池司再也不需要他們的效勞，一片木板足矣。

「需要感謝他們過去的辛勞嗎，大人？」

渡邊沒有回答。他想聳肩，不過，他的背從肩胛骨到尾骨都實在太痛了。身體不聽使喚讓他更加惱怒，畢竟在某些光線角度下，他的臉看起來比實際上還年輕，那滿頭的豐盈白髮，以及半月形眼皮底下四射的目光，隱去了年事已高的虛弱無力。

4

勝郎和美雪的家人幾乎都在叛亂匪幫的血腥突襲中被屠殺殆盡，只有美雪家中還剩下一個妹妹和幾位叔伯。兩家人都無法提供足夠的金錢為勝郎和美雪辦神道教儀式的婚禮，因為這種婚禮必須事先準備一份獻禮，納捐給神社宮司和穿著白色和服與寬大緋絝的巫女；為了盛裝新婚夫婦要喝的御神酒，得購置上了紅漆的杯子；儀式結束後還得於祭壇上放置帶有嬌美玫瑰花的玉串。

於是，勝郎與美雪選擇「訪妻婚」，一種比神道教婚禮更為普遍的結婚方式，不需要什麼花費，只需要求婚者連續幾夜潛入自己「未婚妻」的房間與其交媾，他們就算是正式地結合了。

在確定美雪沒有別的愛人後，勝郎以自己做的一個夢為藉口向年輕的女孩搭訕，一個關於捕魚陷阱的夢。當時的夢境是這樣的：他很開心只需用繩結將木柴綁在一起，就能引出藏身暗處的貪吃鯉魚。可因為鯉魚被困得動彈不得，以致於他得把木柴一根一根拆開，才能救出困在裡頭的魚隻。突然間，細瘦的枝條呈扇形四散開來，鯉魚便趁隙逃跑了。

美雪不懂魚群敏捷的脫逃與漁夫所受的挫折跟自己有什麼關係，她只是出於禮貌，才將雙手交疊成貝殼狀掩嘴噗哧而笑，彷彿從沒聽過比渴望找回自由的鯉魚更好笑的故事。

勝郎向她吐露用柔軟的燈心草製成漏斗的想法，漏斗有一個類似活門的入口設計，讓魚隻一進入就再也出不去。

「這應該行得通。」美雪肯定他的計畫，同時傾身向前，細看年輕漁夫在沙上畫的圖。

害羞靦腆讓她僅輕描淡寫地稱讚陷阱的機巧，內心實則大為讚賞。

「噢，我對我的東西很有信心！」勝郎說，「不過編這種魚籃需要纖細靈巧的指頭，妳有這樣的手指，所以，我想，或許妳願意幫我編三個這種籃子，兩個小的，一個大的？」

勝郎的手其實很巧，可以自己編，但他想以此為藉口，獲取美雪的長期協助，以便在夜裡前往她家。

國庫的管理失敗導致錢幣幾乎絕跡，人民被迫以物易物，有人以草鞋換取白米、以酒換取青花紙、以肉換取油紙傘。勝郎提議用一只漆木梳、九升米、和三尾他從草川捕到最大條的魚來換取她編的籃子。美雪毫不猶豫地接受了這些條件，她覺得這筆買賣明擺著就是她比較佔便宜。

大家都建議準備夜訪的男子在溜進想娶的女子家中時，最好幾乎一絲不掛，這並不是為了加速夜襲的進行，而是為了與壞人做出區隔，因為偷兒通常穿著多層衣服行竊，萬一被棍子猛打時才可以保護自己。

除了赤身裸體，大家也主張應以布巾蒙面，以防若在現場被渴慕的女子拒絕時顯露出困窘的神情。

最後，人們還建議在隔開愛人房間與屋內其他居室的拉門邊撒泡尿，使溝槽潤滑些，以免拉開門時吱嘎作響。

不過勝郎大可讓門發出聲音，因為自從美雪的雙親死後，她就獨自居住在一棟雙簷小屋，所有人都知道她非常渴望夜訪，讓她能夠正式成為某人的合法配偶。她期待的遠非低調的夜襲，相反地，她夜思夢想的是太鼓手掄起槌子敲擊白色大鼓的鼓面，向入睡的全村宣告勝郎進了她家裡，也進入了她的生命。

每天晚上，她都覺得自己聽到沉重、有力且如儀式般莊嚴的鼓聲，敲打出前來與她結合的男人的腳步聲。但這僅僅是她將心臟的跳動聲誤認為了太鼓的敲擊。

透過夜襲而成的訪妻婚，須有一位女方的近親，通常是母親或兄長，站在宅院入口，向夜襲者提供一盞點亮的燈籠，報上屋內陳設的情資、指引方向。可既然美雪無兄無母，勝郎便自備燈籠前來，一款鐵製、飾有鳥紋的燈籠。至於要在屋裡辨識方向，其實頗為容易，因為屋子裡只有一個紅土地板的小小房間，一處稍微高起的斗室即寢室所在，毗鄰一塊飼養了幾隻家禽和一對豬仔的空地。

只見美雪就蹲在那上頭的斗室裡，外頭垂掛著不成套的布簾。她沒有足夠的布料，只能夠拼貼運用一些零散的素色碎布和繡有象徵意味花紋的布頭。

雖然天氣不太熱，她這天晚上只穿著一件輕薄的白色浴衣，浴衣上印著紫藤樹枝的花樣。

「是我，」勝郎邊傾身向前邊說，「中村勝郎。」
「勝郎，」她複誦著，「你從外面來，外面下著雨嗎，勝郎？」
她其實只需側耳傾聽便能知道答案。不過，擔心下雨，不正是一個當彼此不夠相熟時不錯的談天話題嗎？
她對勝郎的了解幾句話就說完了：年齡幾乎是她的兩倍，未婚，以捕魚為生，而且過得還不錯，畢竟皇城的園池司每年會向他訂購大概兩、三次的鯉魚。島江的經濟有一部分靠的是提供觀賞用鯉魚給平安京的寺廟，因此村民對他甚為器重。
「雨停了，」勝郎說，「但起霧了。」
冰冷的雨下到溫熱的土地上，一定會起霧的。
「我覺得好丟臉，」美雪小聲說，「家裡沒有別人可以迎接你，為你點一盞燈，你只能自己找路。」
她話中充滿歉意，說得像是勝郎必須找路通過的這棟宅邸有著數不清的房間和迷宮般的走廊似的。
他瞇著眼想將她看得更清楚，因為出於羞赧，美雪離泛著昏黃燈火的燈籠遠遠的。勝郎調整了燈的位置，結果她又用紅色碎布紮起的黑亮長髮遮住了面容。美雪的眼皮幾乎沒有皺褶，在眼皮和短而稀疏的睫毛之間，瞳孔與眼珠閃閃發光，光滑白皙的皮膚散發著她清純且惹人憐愛的女性氣質。平日裡，為了讓肌膚更白，美雪還會用夜鶯的糞便擦拭。

突然一陣風吹來，夜空中升起的月亮從一團雲中顯露出來，照亮了美雪的寢室。勝郎吹熄了此時已變得多餘的燈火，躺在美雪身旁。

穿過勝郎的和服衣褶，美雪用指腹、用唇、用舌、用滑順冰涼如烏鴉羽毛的髮絲撫過他赤裸的肌膚。她的小嘴靠近披掛在勝郎和服上的羽織的寬大袖子，捉住勝郎的指頭，咬住，吸吮，覆蓋住勝郎手指頭的口水氾濫濃稠，像是曾被浸入一桶蜂蜜之中，讓他什麼都抓不住。

發現自己很快就使勝郎卸下武裝，好像縛住了他的雙手似的，美雪笑了。

勝郎開始呻吟，在他性器處的和服布料升起一個小小的凸起，美雪抓住，捏、搓、壓、擠。在她的撫摸之下，勝郎的睪丸和男根成了她手中握住的一團。美雪覺得像是在觸摸一隻手腳蜷曲的小猴子。

勝郎翻過身成腹部著地，抽出他因美雪揉捏搓擠而疼痛不已的性器。美雪伸出雙臂，開始探索勝郎的身體。她的手沿著他的背，她的唇沿著他的膝、大腿凹陷處和臀部的溝股，漸次向上。之後，她朱唇輕點，從椎骨一節一節往上啄至頸凹處，那兒匯聚的情動能量立刻擴散至勝郎全身。

美雪抓著情人的雙耳，將他的臉拉近，對著他緊閉的眼皮吹氣，讓他睜開雙眼。他半睜開兩道漆亮的黑色縫隙，而後她將舌頭伸進他的鼻孔，暗暗送入一股強烈的氣味，是器官的鹹濕味道。這讓他再度呻吟了。他的雙手被美雪用膝蓋壓著。

她繼續在他身上蠕動，這次是她的胸部輕輕擦過勝郎的臉。美雪的胸部小小的、圓圓的、肉肉的、很有彈性，在勝郎的下巴、鼻子、彎彎的眉毛上彈動，微微分開他的髮，彷彿野兔跑著穿過黍田。

勝郎濃密微刺的毛髮磨過美雪的胸部，雙唇微啟的陰戶滑過勝郎的臉上，流下熱熱的、濃稠的、香膏質地的黏液。

美雪的一綹髮絲散開時，她用牙齒咬住髮絲，用花魁的姿勢，亦即雙腿張大，貼上勝郎的鼻子，這讓勝郎三度呻吟了。他貼著這株溫體雌蕊，她的陰唇上淌著淫液，滴到他的臉頰、流到他的細毛和鬍渣上，他的臉布滿淫水，微微閃著光芒，就像他穿過修善寺河口瀑布形成的泡沫布簾時一樣。

稍晚，他們洗掉身上的黏膩，擦拭乾淨，用水桶裡經灶爐灰燼溫過又放涼的水沐浴淨身，互相用輕石磨著對方的身體。肌膚變紅了，他們笑著。

黎明到來之前，依循習俗，勝郎從美雪家中離開。

接下來連續數個夜晚，勝郎都在不被村人發現的情況下來到年輕的美雪家中，給她滿滿的愛撫，也享受著她的愛撫。美雪擅長運用唇舌，勝郎則擁有因為修補漁網變得靈活自主的手指。接著，他又會在無人覺知的情況下悄然離去。

直到有天，勝郎難看的臉色、泛紅的雙眼、遲緩的動作，以及隨時隨地都要睡著的樣子，讓其他漁夫向夏目通報了他們的擔憂。

在向村長深深鞠躬之後，就像勝郎是鯉魚大師，鱘魚大師（鱘魚已經在河流中居住了一億四千萬年）彌五郎說：「他現在變得跟鬼一樣，嘆氣嘆個不停。面色越來越死灰，眼球血紅得像梅子。一大早遇見他的時候，呼吸就重得像是已經脫水、氣力用盡、全身被掏空的人似的。」

「鬼是我們靈魂裡陰暗的部分，」夏目說，「或許正因如此，它躲在尻子玉裡（譯注：根據傳說，尻子玉藏在人的肛門深處，裡頭儲存著人的精氣魂魄，是河童最愛的食物之一）。鬼魂躲在那裡作怪，躲在黑暗和惡臭之中。」

「我咧，」草川沿岸最好的鰻魚漁夫秋成說，「我一直都找不到我的尻子玉，我那地方啥都沒有，只有一個臭氣沖天的洞。」

「不過我不認為勝郎變成了鬼。」夏目繼續說，不理秋成和他的尻子玉爛事。

「不是嗎？」彌五郎問，「那你怎麼解釋他短時間內這麼大的改變？」

「才一個月的時間。」秋成補充說。

「你們之間有人跟蹤他嗎？」夏目問。

「跟蹤他去哪？自從草川漲水變得泥濘之後，他幾乎都不出門了。鯉魚不愛泥濘，勝郎也不愛。」

「晚上呢？」

「晚上……？」

「啊哈！」夏目促狹地眨著眼睛，「或許勝郎戀愛了？」

秋成和彌五郎互看一眼。他們都是上了年紀的人了，許久不再想到戀愛。彌五郎的第三任妻子在一次海盜入侵時被擄走，秋成則被一尾六鬚鯰魚給咬掉了陰莖。所以他們從沒想過勝郎在月下追求女子的可能，甚至在村長提出後，還是覺得很不合理。

雖然缺乏了神道教的神前式祝福，勝郎和美雪的婚姻仍得到了島江居民的承認。美雪沒帶來任何嫁妝，不過按照習俗，她將擔負起照料勝郎日常生活的責任，替他織衣、準備三餐、耕種他們的兩小畝田地，及養護他的捕魚用具。

5

她很快就抵達了森林。晨間濃霧的灰色渦漩盤踞在矮樹荊棘上，蠟白色的花妝點著細枝，讓人聯想到擺滿了許願蠟燭的神廳花壇；聽得見暗影中野鹿稍縱即逝的蹬音，以及牠們牙齒啃咬白蠟木樹皮的嘎吱聲。

旭日冉冉昇起，散發出溫煦的光芒，撫慰著美雪的肩頸。

美雪走踏的小徑地土是灰燼的顏色，好似一條稍微加高的護坡道，橫越過一道蜿蜒曲折的疤痕上方——或許是因為夏季乾旱才露出的河床。奇怪的是，儘管看似乾涸無水，卻有不少蜻蜓嬉遊於低矮的竹林上，這表示在石頭下方可能還留有些許水窪。

盤根錯節在乾涸的河床兩岸之間蜿蜒疏落地交織。擔心腳步被絆住而失去重心的美雪小步前進，目光緊盯著裸露的地面，額頭低垂，就像從前某天一個途經島江的犯人，脖子上套的木製枷鎖讓雙手無法自由伸展，去揮開被他的眼淚吸引過來的蒼蠅。當天，美雪也是那些因為同情，而替他往流著臭沫的飢餓嘴裡塞進幾小丸米飯的女人之一。

若她不再能夠自稱為勝郎的妻子，至少她還是個島江的女人，未來也得以此身分在公眾及私人生活中活下去。

並且，在她盡了最大的努力確保勝郎死後前往另一個世界的路途能一切順遂以後，她也希望在自己的死期到來時，島江的居民同樣會停下手邊的工作，為她舉行葬禮，送她前往彼岸的邊界；而在邊界之後的現實，其實村民們並不關心，美雪也不。

不過，隨著美雪每往前走一步，她就離村莊越來越遠，連繫著美雪與島江的那條看不見的線，也變得越來越細。旅程才剛開始，可是美雪覺得島江的某些部份已經不復記憶了。尤其是各種顏色，都被暈成單色的背景，彷彿她過去的影像都被升起的薄霧給淹沒、隨著流沙而漂離了。

稻田青翠而潮濕的氣味；濕潤新鮮蔬菜的氣味；吸飽了水的土地氣味；米飯熱氣那柔軟、溫潤的氣味；從屋裡裊裊升起、灰色的牛糞炊煙；秋天雨後紅得彷彿上了漆的李子，這些她都可以辨識、描述，但對她而言，喚起的不過是觸不到、不真實、不存在、被召喚出的幻影。

勝郎所留下的，不論是他的精神、他的性靈或他的鬼魂，是它導致了美雪記憶的流失嗎？是不是他相信可以藉由這種方式保護她，讓她不至於因思念而失去將鯉魚送往平安京寺廟園池所需的戰鬥力？

無論是公開或私下，勝郎的言行舉止都是為了他們夫妻兩人。美雪生命中最重要的事，彷彿就是在等待這個娶了她的男人。跟其他島江的女人一樣，美雪起得早，確保完成所有能讓她忙到午時的家務。接著，她全心看顧魚池，照料餵養勝郎養的鯉魚，修補魚池因過度日曬或嚴寒而變得脆弱之處。

在特別炎熱的日子裡，她會讓陶匠的兒子小白馬到魚池裡消暑；而為了回報，男孩會帶來特別柔軟、穩定的陶土，讓她塗在魚池壁，強固其密封性。白馬還太過瘦弱，無法與草川較量，不過他與池魚相處的自在和他觸摸撫慰魚隻的動作，讓勝郎視他為可能的後繼者，如果園池司還願意繼續當他客戶的話。有一天，白馬的手會變得夠大，手指會變得夠長，讓他可以包住魚身，輕柔地將鯉魚從一方居所帶往另一處。這一天，勝郎就會讓他喝下人生中的第一盅清酒，然後與妻子一邊喝掉剩下的酒，一邊談論著白馬，好像他是他們的兒子一樣。

夜晚來臨時，美雪會蹲坐在門邊，目光盯著小路的盡頭，勝郎從河裡捕完魚就是會走那條路回來。

一見到丈夫踩著動物般靈敏的步伐，穩穩拿著滿載魚簍的身影，美雪就會趕緊起身，抖落因長時間不動而停在衣服上的塵埃。她先是會開心的張大了嘴，然後稍微收攏成一個微笑（村人認為在外頭露出牙齒或露出牙齦並不恰當），只讓勝郎看到她微微輕啟、像柔軟多汁的水果般可口的小嘴。

前幾日真令人精疲力盡，除了日曬穿透濕氣籠罩的森林和密集叢生的植物加重了旅途的辛勞，美雪還須忍受肩上扁擔的重壓，腫起來的傷口更因長竹竿難以預測的搖晃而加劇難忍。就在她好不容易調節了擔子的平衡、減輕了肩頸上的壓力時，又必須變換姿勢登上陡坡，或是靠著腳跟止煞來克服下坡時的高低差。竹籃的晃動與重量的影響讓竹竿不停前後滑動，竹節不斷刮破美雪的皮膚，直到滲血。

她不停地走，一直走到能見度過低，使得周遭林木模糊成了一道毫無縫隙的幽黯高牆。

當天色暗到完全看不見身邊的低矮林木與路途上可能的障礙物時，美雪越來越怕腳步踉蹌、跌倒，並遺落魚隻。雖然這些鯉魚外觀閃亮，若掉落在軟土上，美雪還能看著扭動的魚身抓回來，但如果牠們落地的時候水也濺光了，那麼放回魚籃裡又有什麼意義呢？

若是這樣的話，美雪也只能選擇縮短牠們垂死之際痛苦掙扎的時間了。

每當勝郎不得不因為某個因素結束一條鯉魚的性命時，他會將一根指頭深深插入魚的口中，一個刺戳，乾淨俐落刺穿魚脖子。不過美雪沒把握自己有勝郎那麼靈巧，更別提她的手指也不若他的那般長。她對自己說，最好非常小心，別讓木屐在夜裡踩進狸妖洞，或是被草木根莖給卡住了。

她繼續上路，在她高舉膝蓋跨過那些或許只存在於想像之中的障礙物時，熟睡的鯉魚也被搖醒了。

透過在鯉魚原生環境和捕捉後囚俘之處長時間的觀察，勝郎熟知鯉魚的行為，他也把這些知識教給了美雪。她知道鯉魚偏好在微光中進食。鯉魚很懶，只吃牠們翻動淤泥時被趕出到眼前的小生物或植物；若是一襲浪來，將蟲蛹或海藻沖離了牠的嘴邊，總是昏昏欲睡的鯉魚並不會有興趣追趕。「鯉娘失蟲，焉知非福」是鯉魚的座右銘。

美雪穿梭林間，擦過樹皮，把許多啃蛀林木的小蟲給刮進了魚簍裡。牠們被淹死後會黏在魚簍底部，對鯉魚來說，沒有比這更美味的大餐了。而且美雪還在水裡加入了她在離開島江前就準備好的，撕碎的煮熟菠菜和蓮葉，讓鯉魚的美食更為可口，裡頭還有磨碎的蒜末，因為勝郎發現蒜末可以增強鯉魚的活力和生命韌性。

簍中鯉魚的嘴伸入淤泥，在美雪為牠們備妥的美味面前大動魚鬚、大飽口福。美雪雖看不見魚，但能聽見魚鰭迅速翻攪而波動的水聲，也能感受到鯉魚啄食引起長竹竿有節奏地微微震盪。

天色漸暗，又下起了雨，美雪在心中將鯉魚的快樂獻給勝郎。

待美雪終於走出森林時，天色已全黑。

她面前的地上鋪滿了松針、樹皮、死去的青苔、灰藍色的沉積物，讓這片緩坡看起來像是海岸上的低潮線。

甫出高大樹林的庇蔭，美雪立時受到驟雨襲擊。看起來，暴雨好似選中了她為目標，因為泛著雨水的雙眼告訴她，面前僅一步之遙的雨勢並沒有打在她身上的暴雨那般兇猛；不過一旦美雪往前跨出一步，雨勢便又再度加劇，直直落在她身上，用觸手般的冰水鞭擊她的後頸。

受到狀似擊鼓的雨勢攪擾，加上嘯風撩捲鯉魚囚籠裡的水，讓魚緊挨著簍子底部薄薄的淤泥，睜大佈滿黑點的黃色眼瞳，骨碌碌地轉動，顯然為了被迫中止盛宴而感到不快。這是在新月的三天前，鯉魚最為貪吃的時期。

登上一個緩坡後，美雪發現右邊成排的山茱萸樹林再過去有一棟灰木色的小屋，厚厚幾層稻稈蓋成的屋頂上方散布著野鳶尾、景天，和幾簇狐茅。油燈微弱的黃色光焰在不多見的半透明紙糊窗後跳動著。

這棟建築的名字是「善根宿」。是勝郎喜歡的客棧之一嗎？

美雪希望選在勝郎曾留下美好回憶的客棧停宿。通常客棧老闆亦是附近寺院的住持，或許會好心提供年輕的她一碗米飯以及乾爽舒適的一宿（此時，朦朧霧中恰好響起了鐘聲）。

就算報上勝郎之名無法帶來些許優待，但美雪想在這度過幾個時辰總是好兆頭，畢竟丈夫曾在這客棧裡用餐、就寢，或在睡夢中露出笑容——勝郎曾夢見過自己會飛，他只要張開雙臂，感受空氣在掌心之中的彈性，就能開心地從這個屋頂飛到另一個屋頂，然後他就會笑得像個孩子。

要通往善根宿，美雪必須沿著一片開滿蓮花的大湖，行經一條狹窄濕滑的小路。幾艘停泊在大岩石旁的小舟能讓她直接穿過湖到對岸，但美雪不認為自己能在幾乎覆蓋住整個湖面的大片蓮花之間行舟。如果她的竹竿卡在蓮花錯綜複雜又肥厚的根莖之間，那該怎麼辦？又或者，鯉魚聞到湖上瀰漫的甜膩味道而在魚簍中躁動起來，甚至想跳出去，她又該怎麼做？在陽光照射下呈現藍綠色的湖面，入夜後也變得幽暗，此時就像書法墨色般光滑、濃黑且深沉。

如同多數的客棧，善根宿空間狹長，前方做生意，住宿的房間則集中在後方。貫穿客棧前後方的廊道中間是廚房，也是連接雙邊的樞杻。有兩個婦人在那忙著，正在準備今夜旅客即將享用的餐點。她們跨出外屋的門檻，來看美雪帶的是什麼。一看到是鯉魚，便開始騷動，發出各種驚呼，其中那位較為年長的婦人還拿出一柄菜刀，準備用磨刀石將刀鋒磨得更銳利。

「不、不，」美雪趕緊說，「別動牠們：這些魚不是拿來吃的。我要把牠們送到平安京，放到神社魚池中，作觀賞用。我是為園池司的渡邊大人運送的。」

說到渡邊的名字時，美雪的身子彎到又長又笨重的竹竿允許的極限。年長的廚娘和她的助手也是。

「我記得曾經幫一個男人準備過一餐香菇，他也是要帶魚到京城的寺院去的。」

「那是我的丈夫，」美雪說，「勝郎。」

她的願望實現了，緣分指引她來到了勝郎休憩過的客棧。或許他做過的夢還在周遭縈繞著呢。

客棧下方湧流出溫泉水。冒煙的水先蓄滿了一個天然小池，而後流經一道平滑的灰色火山岩柵，再注入一條與湖水流向平行的河流。幾位僧侶泡在溫泉裡，毫無表情的圓臉都朝向著客棧的庭園。

昭義貞子，善根宿的老闆娘，也就是這裡的負責人，建議美雪也同僧侶一樣，泡個澡，洗去旅途的疲憊。

美雪拒絕了，儘管這能讓自己舒服些。看到老廚娘磨刀覬覦她鯉魚的樣子，美雪心中升起了一個念頭，這趟旅程最好自始至終、無論如何都不要讓鯉魚離開自己身邊。

由於附近有海盜肆虐，女主人建議美雪與隔天一大早要離開客棧的僧侶一同結伴前往江之島。

「妳只需混入一群朝聖者，就可以在他們的保護之下前往片瀨川，到了那裡再走通往平安京的路。」

「僧侶們會期待我奉獻微薄的捐資答謝他們護送。但我除了一點點夠我維持體力揹著魚簍走完這趟旅程的漬飯以外，別的什麼都沒有了。」

「噢，我很確定他們會願意接受別種答謝方式的，比方說……呃，他們終歸是男人嘛……妳應該懂我的意思……」

美雪的嘴微微張大，雙眼直看著女主人。

「妳不是米娘嗎？」女主人問。

因為美雪一直不說話，她又含笑補充，「妳真不知道米娘？」

「當然知道，」美雪反駁，「在島江有稻田，我們的米產量又多又好吃，而且就算我是米娘，我的意思是，以前我曾經是米娘，雖然後來被丈夫的捕魚事務，也就是得保持魚池乾淨、照顧魚隻這些事給佔去了大多數的時間，不過漁事工作之餘，我還是常常需要春米的。我從來不會對其他女人隱藏我的腋窩。」她這麼說，是表示她相當習慣高舉木槌春米（得露出整隻手臂到腋下之處）這件辛苦的差事。

「在這裡，」女主人說，「米娘不春米的。事實上，她們的工作跟米一點關係都沒有。我們這麼稱呼，是因為她們的工作必須用手握住一根形狀會讓人想到春米槌的肉棒，讓它在手中滑動……」

昭義貞子說到這裡暫停了一下，微微一笑，雙眼害臊地垂下。

美雪也閉上眼睛，暗忖是否曾有米娘的手指觸碰、愛撫、揉捏過勝郎鼓脹熱燙的陽具。一定有的，她想。當他從京城歸來的路途中，身上帶有足以連續幾日慷慨支付好幾名米娘的錢。善根宿可真是名副其實。

「呃，現在妳懂了嗎？」

「嗯，」美雪嘆了一口氣：「我懂了，可是……」

「可是妳不是這種妓女，當然。太可惜了，如果是的話，我們會提供妳最高級的款待，也不會向妳收取留宿的費用。」

昭義貞子領著美雪穿過一處滿是柵欄、木籬、油紙、幃幔和低垂簾幕的地方，後邊傳來雨滴暴打在庭園裡的劈劈啪啪聲響，穿插著雨聲暫歇時蟋蟀的鳴唱。

美雪小心翼翼地跟著女主人急促的碎步，深怕簍子傾斜會讓水滴了出去。

在跨過一道門檻的時候，她絆到了某樣柔軟的東西。那是一件年輕女人的衣物，一件米灰色的汗衫像隻累壞的小動物般捲成一團。美雪的木屐方才走過地板時發出清脆響亮的跫音，一踩上它，像是硬生生踩進了一個黏土坑洞。重心一向前傾，她反射性地抓住竿子，這突如其來的衝力造成了魚簍的晃動。其中一尾魚正好在這時候游到表面，受到水的晃動牽引，牠滑出了簍子，隨著一個空洞的聲響掉到了地板上，然後很快變成了急促的咚咚作響——出於驚恐，牠的尾巴瘋狂拍擊地面，試圖製造足夠的衝力能高高躍起，回到簍中。

接著，鯉魚的身體僵直，停止了掙扎。

「不！」美雪哭喊，「別死，求求你，我以守護漁民的惠比壽神之名懇求你！」

「惠比壽神緊抓在身上的是隻鯛魚，」老闆娘說，「有時候是條鮪魚，有時候是鱈魚或鱸魚。不是要害你喪氣，不過我從沒聽說又老又胖的惠比壽神對鯉魚感興趣。」

美雪的雙眸變得幽黯，泛著水氣，像是兩尾絕望的黑色小魚。

「別哭呀，」老闆娘說，「一切還未成定局。不過，大家都知道惠比壽神除了胖之外，還雙耳全聾，所以如果希望祂做點什麼的話，得要用力敲敲打打。」

接著昭義貞子開始用木屐大力蹬擊地板。

是地板的震動說動了惠比壽神嗎？事實是橡木地板的震動將鯉魚從假死狀態給喚醒了，牠拱起身體，尾部和魚鰭又開始拍打。美雪趕緊把雙手彎成扇貝狀，輕輕滑入魚腹下方，柔柔地捧起，小心翼翼地放回魚簍底部濕潤的泥土魚床上。

「鯉魚睡覺的時候會閉上眼睛嗎？」昭義貞子問道。

美雪輕笑出聲，她剛嫁給勝郎時也經常想著這個問題。她應該開口問他的，而且勝郎一定很樂意告訴她所有的鯉魚知識，不過，她怕被勝郎當成笨蛋，那種對生命的真相一無所知的女人。當然嚴格說來，鯉魚和生命的真相沒有太大關係，至少在現代沒有，千千萬萬人一生中從未親眼見過一條這樣的魚，從不認得毛筆寫出來的牠們的名稱，可是勝郎跟這千千萬萬人不同，鯉魚是他在這世上最熟悉的東西，熟悉到他有時會感覺自己胸腔內跳動的心臟，應該有著和鯉魚同樣的形狀和肌理。

美雪想起在島江的夜裡，她連續好幾個小時蹲在池邊，藉著月光的倒影觀察著鯉魚一下從這裡、一下又從那裡浮現。

「事實上，昭義小姐，如果這些魚沒有眼皮，牠們要怎麼閉上眼睛呢？」

美雪自己是有眼皮的，而且它們正越來越沉重。她喝著一碗熱呼呼的芋頭湯，老闆娘正把一床稻稈鋪在女人寢區的地上，那是一間用拉門簡單隔開而顯得狹小的安靜房間。

「我建議妳睡在窗戶正下方，」昭義貞子說，「我們都稱它為靈光之窗。」

老闆娘指著一扇在面向園子的牆面上一半高度的小圓窗，紙糊的牆壁已經出現許多孔隙，植物在雨水浸潤下散發出的味道都透進來了。

從黎明直到此刻，美雪終於能夠放下肩上的擔子，脫離竹節的摩擦。

邊看著昭義貞子攤平她鋪好的床，美雪想著自己從未在家裡以外的陌生地方過夜。雖然疲憊不已，卻難以入睡，只好透過窗上的油紙，凝視夜空，看月亮星辰緩緩追逐，平復心情。

她思索，當勝郎躺在床上時，都想些什麼呢？會回想白天經歷過的事，還是預想日後將面臨的狀況？當他快抵達平安京時，是否會與美雪同樣迫不及待地數算著分開的日子，甚至嘆起氣來？還是他並沒有太急切，反而在唇邊掛著懷念的微笑，回憶著那些與米娘共度的美好時光？

噢，為什麼他不趕緊回家，為什麼要在白日夢裡逗留？客棧裡的女人怎麼可能比美雪更能滿足他？她從不拒絕他的任何要求、任何姿勢、任何觸碰。每當他從平安京歸來，雖然在不再防水的老舊簑衣之下疲憊地打著哆嗦，卻總會帶回許多新奇驚豔的做愛方式和各種異想。

沒什麼能回報他的美雪，只能接受各種緊壓著她、使她為難的箝制，以及有時令她厭惡的體液交換。

然而這一晚，滿載水氣的烏雲布滿了天空，美雪無從覲月，只得上床側睡，一手放在雙腿之間，另一手抓住自己的舌頭，指間用力將舌頭擰出嘴外，接著以手包覆、愛撫，就像它是勝郎溫熱而濕潤的陽具。

6

一邊平衡著痠疼雙肩上的竹竿，美雪穿越走過睡倒在客棧簷廊的一排男人。

他們和衣而臥，下巴垂至胸前，大腿張得很開，粗壯結實的手臂撐著廊道，讓他們鰓角金龜子般矮胖的身子不至於滑落。多數人都戴著一頂碗狀頭盔，那是用鉚釘把好幾片板子釘起來做成的。有些頭盔的邊緣飾有金屬魚鰭，目的在消解來自側面的刀劍襲擊，但從他們臉上那些紅腫的疤痕來看，這些魚鰭的裝飾效果大於實質效用。在碗狀頭盔的頂點有個開口讓武士的長髮從那兒穿出來。

這些粗野的武士都來自不毛之地，稀疏的森林與貧瘠的田野。他們離開鳥不生蛋的家鄉地土，借居在比他們幸運而富庶的農家。

他們的眼睛都藏在帽簷底下，它翹起的角度恰好足以防止雨水或是噴濺的血汙模糊了他們的視線。

水氣由池面蒸騰而起，形成晨霧，從沒關好的門口飄進屋裡，漸漸瀰漫整道迴廊。但霧氣還不夠濃，美雪依然認出了昭義貞子的身影，她跪坐著移動到每一位武士身邊，一一將他們輕輕搖醒。

武士們發出低沉嘟噥的抱怨。當其中一人出其不意地甩了老闆娘一記耳光，她像隻刺蝟一樣蜷縮起來。當她起身時，下半側臉泛紅，嘴角的血和唾液混成一片。一邊用袖子的反面擦拭，老闆娘一邊向美雪解釋，這些人是來保護安國正秀的家族和其財產的。安國正秀是當地一名富有的地主，騷擾著瀨戶內海的海盜已經多次劫掠他的領地。由於這座善根宿也屬於這名男子，因此昭義貞子自然也由他的武士來保護。

就在這一晚，據老闆娘說大概是在寅時，海盜乘著幾艘燈心草編成的小舟筏穿過湖面，逼近客棧。但在他們發動攻擊之前，武士們就從森林中現身，並擊退了他們。羽箭在武士刀的周圍飛揚。根據傳統，爭戰的下一步便是行刑處決，於是九名發起攻擊的海盜頭顱滾進了湖邊的蘆葦叢間，剩下的幫眾則一聲不響地逃走了。

然後，想當然爾，武士們飲酒慶功，直到現在都還爛醉如泥；吃進五臟六腑的酒食也在他們毫無意識之下吐個精光，整棟屋子都瀰漫著一股排泄物的味道，被吹進屋裡的輕柔微風攪動著。

「這些，」美雪說，「我一點兒都沒聽見。」

「妳大概是在旅途中累壞了。人們總以為疲勞只會麻痹四肢，事實上不僅如此，感官也會失去作用，比方舌頭會不似往常敏銳，可能因此對某些味道無感。我們之前曾接待過一名馬商，當時他就累到已經分不清香甜與苦澀。

「至於過度疲勞的眼睛則會無力轉動觀看四周，只能直直看向前方，就像這些武士，在他們正確佩戴著頭盔的時候就會看不見側面一樣。

「嗅覺亦如是。當我們的身體虛弱到連呼吸也變得緩慢，才剛吸入空氣就得馬上吐出來時，根本無從享受氣味帶來的愉悅。我認識一個叫做赤染倫子的女人，她的大限將至，因為太虛弱了而呼吸困難，導致鼻孔漸漸縮小，幾乎全封死了，像是蝸牛遇到強風時會封住牠們的殼。最後，這可憐的女人在家裡一場大火中逝去了，因為她無法即時聞到煙的味道。而妳的耳朵又怎麼會有所不同？怎麼可能避免疲憊至極時的知覺喪失呢？」

如同向她解釋疲憊造成的效果，老闆娘用同樣甜美的聲音、同樣規勸的語調，再次向美雪提議跟著前往江之島朝聖的僧人一起前往片瀨川的事。

儘管在海盜逡巡肆虐的地區獨自上路必須冒著風險，且這風險還因為海盜夜裡的慘敗而倍增了，但美雪仍然堅持拒絕了提議。就算他們不向她收費，但僧侶凡在路邊遇到神祠，或他們覺得可能是神祠的每棵樹下、每顆巨岩、每道溪流與每個狐仙洞穴，都會停下來參拜，而這很可能拖慢她的行程。八百萬神明掌管著日本各地，就連一只遺棄在路邊、不起眼的草鞋，都可能住著神靈。

昭義貞子也不堅持。她手掌平貼著膝蓋，雙目低垂，彎腰鞠躬，維持著同一個姿勢好幾秒鐘，感謝美雪停留在善根宿。

從來沒有人這麼向美雪行禮，她感到受寵若驚，不確定該如何回應。由於老闆娘在直起身子以後又對她鞠躬，她便同樣以深深地鞠躬回禮。

老闆娘行禮的身段是如何柔軟優雅，就顯得美雪有多麼的僵硬做作。但是，老闆娘可沒扛著一根鋸人肩膀的竹竿，竹竿兩端還壓著沉甸甸的簍子，簍子表面糊著黏土，裡頭裝著鯉魚和水。

接著，美雪從那疊夏目給的銀票中抽出一張。

「在任何一個米倉都可以兌換。」她對老闆娘說道。

不過，昭義貞子再次鞠躬（這一次，她額頭幾乎要碰到地板），拒絕了，因為即使海盜的攻擊並未成功，但仍然嚴重影響了借宿旅客的安寧。除了老闆娘以外，善根宿全部的人員只有年老的廚娘與一位負責園池養護和其他工作的男夥計；由於廚娘和這位雜工都在海盜的攻擊中被殺身亡，因此昭義貞子必須獨自承擔造成旅客不便的所有責任。

美雪離開客棧，沿著蓮池走過一條低窪小徑，乘機用蓮池的水將魚簍裡頭一部份的水換新。

當她準備挑起裝滿水、浮游生物與海藻碎屑的魚簍時，在黎明潮濕又灰暗的光線中突然瞥見面前站了一個比例怪異的生物，身形巨大鼓脹，四肢卻纖瘦細長，身上似乎罩著一件寬大的黑白色披風，不停地開合著，像是在為牠的胸部搧風。

牠的臉，如果我們能如此稱呼這張皺著眉頭的瘦長平面的話，有兩只栗色眼珠並帶著某種顆粒粗糙的紅色無邊圓帽，掛在一條看似無限延長的脖子上，像一隻瘦弱的手臂支撐著這個生物的頭。

魚隻瘋狂躁動，才讓美雪發覺這個正從高處睥睨著她的生物看來並非人類。

鯉魚們倒是很快就認出了這隻大白鶴，並開始在魚簍子裡繞圈，魚尾和魚鰭拍打著水面產生泡沫，用來阻礙獵食者的視線。

美雪只看過飛行中的鶴，當牠們凌空飛過島江的天空高處，發出穿透力極強的聲音，未見其形已聞其鳴。據說牠們的現身會帶來幸福、興旺與長壽。村人走到門口，一邊看著白鶴，一邊頌唱祈禱，直到白鶴沒入雲端。

美雪的第一個念頭是保護鯉魚不受白鶴攻擊，因為牠顯然很想將灰色的長喙刺進魚肉。牠的羽翼顫動著滿滿的渴望，喉嚨發出或高亢或低沉的各種鳴叫聲。

美雪還記得勝郎跟她說過，關於他與一對鶴對決的故事。現在回想起來，她的手仍會發抖。一天，在他準備把三尾不被園池司認為夠格放入平安京神廟的鯉魚，放到一座位於播磨町靠近內海的神道教小神社池塘時，看見一對鶴在跳舞。他一開始以為牠們在跳求偶舞，也因為與鶴有一段距離，勝郎便掉以輕心。事實上，牠們毋須接近對手，只消伸長脖子啄他，或振翅揮摑，勝郎的反擊根本碰不到牠們一根寒毛。

美雪面前的那隻鶴還沒採取攻擊姿態。若她能讀懂牠小眼睛裡的心思，就會知道這隻大白鶴，與其說要攻擊她，不如說只試圖圍著她繞圈，目標在魚。發出尖銳叫聲、頭向後仰、喙朝天空的白鶴，應該認為牠威震四方的叫聲足以說服美雪拋下鯉魚自己逃走。

然而，發現並未達到嚇退美雪的預期效果，鶴便展翅繞著她轉，一下跑一下跳。

這種舞蹈讓她想起島江村裡的孩子，滿月的晚上他們會在房屋外牆玩著投影遊戲：小孩與鶴都具有天生的優雅與無厘頭，小孩子不知道為什麼自己在牛的投影之後會做出老鼠的投影，而鶴則在優雅迷人的姿態與敵意的態度間毫無理由地切換。

當美雪正想脫逃時，另一隻鶴出現在她背後。

這一隻以蘆葦的高度無聲地滑行過來，脖子直挺挺地伸向前方，細長的腳則往後方伸展。在準備降落時，牠雙腳末端露出了黑色的腳爪，雙翅呈圓頂般展開，像是被風吹膨的布幔，減緩著飛行速度。

當那隻鳥才剛在一聲清脆響亮的叫聲中落地，方才的第一隻鶴馬上對美雪失去了興趣，用一連串包含著屈膝、小步的側向跳躍、展開雙翅及用鳥喙發出的咖啦聲響來迎接牠的同伴。新到來的鶴則是彎著腳舉高翅膀，模樣優雅地在空中點跳答禮，偶爾在地上銜起小段的枯枝拋向天空。

兩隻鶴的舞蹈如此瘋狂喧鬧，如黑白色墨筆書寫的舞姿錯綜複雜，讓美雪認為自己實在很難繼續保護她的鯉魚，因為鶴用舞蹈盤據了一塊地盤，眼見就快要將美雪給驅逐出去了。

於是，美雪決定自己也要開始跳舞。

她不想要假裝自己是隻優美的鳥兒，雖然她也年輕貌美，可她知道與鶴相比，自己笨拙、粗重且遲鈍，只不過是懷著留在鯉魚身邊保護牠們的希望，而加入了鶴的圓舞行列。

美雪緩緩地在背後轉動竹竿，從頸子降到腰際，慢慢地將簍子放到地面上。接著，她雙臂展開，脖子弓起，一邊發出如同生鏽號角的沙啞叫聲，一邊開始跳起舞來，來回躍過她的淺盆魚簍，像是在對兩隻鶴宣告這是她的領土、她的財產。

美雪怪異的叫聲與驚人的舞姿，讓兩隻鶴困惑了起來。起初牠們根本不在意她，畢竟除了在平安京宮中，天皇近臣的妻妾會努力教導被擄來的鶴跳出人類的舞步、神官會教授年輕女舞者舞出鶴般神聖莊嚴的優雅舞姿以外，人與鶴之間一向沒有太多連結。只不過，美雪臨時起意的即興舞蹈，讓有點頭暈目眩的鶴不再能夠確定她究竟屬於哪個族類。她是隻鳥嗎？一隻失去了羽毛的鳥，一隻醜陋且令人嫌惡的鳥，但仍然是隻鳥吧？

只有一個方法可以確認了：看這生物會不會飛。只要她能飛起來，即便不是隻完美的鶴（事實上，不僅僅是缺少了既長又尖的喙，她還差得遠呢），至少還是屬於鳥類。

兩隻鶴突然開始邊跑邊鼓動翅膀，速度快到只要一用力振翅便能飛起來。牠們伸展開來，脖子和腳掌拉直成水平線，彼此的翅膀連著翅膀，讓一陣看不見的柔軟氣流帶動而去。

美雪也想跟著牠們飛起來，卻只能用視線跟上。因為四十五公斤的體重牢牢將她釘在地上，還要顧慮水和魚的重量。

揮手向鶴道別，她彎下腰，重新挑起竹竿，跨上肩膀，調節平衡後，又再次上路。

她朝善根宿投了最後一瞥，只見湖上飄著的兩顆濃玫瑰色的球體互相撞擊，像是蹴鞠的麂皮球在蹴鞠者單腳揮踢之下，盡可能長時間不落地，發出沉悶的聲響。

那兩顆變硬的球，是廚娘和雜工被砍下的頭，它們慢慢地飄盪進了蓮花叢間。

美雪暗忖，昭義貞子知道自己僕人的頭顱在湖中載浮載沉嗎？她想到，讓它們浸在水中，汙染池水、蓮花、池魚和數不清的水中生物，蜻蜓和石蛾的幼蟲、潛水蝽、水蜘蛛、龍虱、仰泳蝽、水螳螂等，真不健康。當然，美雪並不知道牠們真正的名稱，對她來說，這些都只是小蟲子，是勝郎常不小心把牠們困在衣服摺皺之間帶回家的東西。夏天夜裡熱到令人睡不著時，勝郎和美雪便看著牠們在水池裡嬉游。當月亮映照於池中，他們便對著小蟲下注，賭哪一隻蟲會最先觸及水中的月影。他們管這叫公主的賭注遊戲。因為當有天勝郎在平安京，沿著皇宮城牆走的時候，聽見一位女官唱著竹取公主的故事。原本住在月亮上的她，被父親送到地球躲避一場肆虐天庭的戰爭。竹取公主藏身於一節竹子裡，一個靠著採收竹筍維生的老農夫碰巧砍了那節竹子，發現了化身為小指頭大小的嬰兒，也就是等待人類收留的公主。歷經許多驚險，並為老農夫婦帶來了幸福以後，竹取公主順利回到了出生的月球。昆蟲或跳或游至滿月的倒影上，正象徵著這個回歸。

心都快跳到唇邊了，美雪仍強忍著避免顫抖，就怕晃動魚簍，再度驚擾鯉魚。魚隻泅泳間彼此碰撞，顯示尚未自那對鶴的驚嚇中恢復。美雪逼迫自己撈起那兩顆被砍下的頭顱。

因為害怕頭顱上僵直的凝視，那對始終睜大的雙眼，她試著轉動頭顱，想讓自己只看見頭顱後方的頸項。可是頭顱像氣球般載浮載沉，任何一丁點的外力都會讓它們自轉許多圈。巧得可怕，那僵直空洞的凝視停下時，總是面對著美雪。徒勞無功地試了好幾回，美雪只好撇開自己的目光，像個盲人般摸索。她成功地抓住兩顆頭顱的頭髮，把它們拋出湖外。

頭顱散發出一股令人作嘔的味道，因為泡過混濁的湖水，裡面的細菌也開始作用。這惡臭滲入美雪的手指頭，她彎身在湖裡摘了幾朵蓮花，捏壓蓮梗，用採集到的清香汁液摩擦清洗雙手。

7

這一天，太陽快下山時，美雪走到一條小徑上，穿梭於雪松和竹林交錯的蜿蜒小路，登上了紀伊山地的其中一個山頭。

她不知道這座山頭的名稱，可能是釋迦山、大台原山或佐野山，不過美雪心底其實並不在意山的名字。她效法勝郎，不在腦中塞滿地名，只記住旅途中真正有用的，也就是客棧名字和風景特點，好讓自己在濃霧籠罩時不致偏離道路或原地打轉。

正因如此，美雪全神貫注留意途中溫泉散發出特別濃烈硫磺味之處。為了更清楚自己身在何方，她在腦中記下硫磺味的濃度，並將濃度與聲音元素連接，比如激流的隆隆聲，或是一群泡在溫泉裡取暖的獼猴的叫聲。若是突然起了一陣濃霧，只需跟著猴子的高亢鳴叫，或是湍急河流急促奔騰的水聲，便能返回散發氣味的泉水邊，進而推測出自己身處於廣袤大山的何處。

無論去程或是回程，穿越紀伊山地都是勝郎最擔心的一段路。並非因為爬坡需要耗費不少體力，而是因為無數前往熊野神社的朝聖者總會佔滿道路。勝郎對那些虔誠的信徒完全沒有意見，只不過他們成群結隊，佔據了大部分由石塊鋪疊堆砌而成、最容易走的路段，相較於其他同樣走在狹窄堤道上的用路人，彷彿參拜神明賦予了他們一些特權。背負著送給天皇和宮中寺廟祭祀用的鯉魚，讓他身體極度疲憊，難道這還不足以讓他享有踏上石砌地板的權利？

朝聖的群眾給了美雪不少安全感。在善根宿染血事件之後，她覺得身處於這長串男男女女的隊伍之間相當安全，完全沒人朝她投去一點目光或注意到她，她完全成了他們這串麻花辮中的一環。為了不讓魚簍被路上洶湧的人潮碰撞，她好幾次動念從人潮中脫隊，悄悄從路肩離開，可是邊路實在太過陡峭，不平整的石頭因為被成千上百的朝聖者草鞋踏過，變得像玻璃般光滑，才讓行路人無可避免地全走在中間那條路上。

朝聖的人群裡散發出一股酸臭氣味，讓她想到勝郎從河裡上岸的味道，這更讓美雪覺得安心。上岸後，勝郎會抖一抖，甩掉流淌在臉上的汗水，也避免讓小袖的腋下處濡濕變色。美雪很高興在這種情形下能憶起丈夫，人群嘈雜的聲音撫慰著她，混和了擬聲詞和驚嘆語，尤其圓形的ō，以及如鸛嘴喀喀作響的k特別明顯。

對村外世界一無所知的美雪，為各色花紋的衣服感到目眩神迷：染成棕色、綠色的上衣；束緊腳踝的寬鬆緋紅長褲；染成松木色的內衫；藕荷色、黃色、梅子色的外袍；那些精緻輕薄的外衣，有些布料如絲綢般受微風輕吹便簌簌顫動，有些則像塗了層蠟似地硬挺發光，都予人一種彷彿有個珠寶盒從高山上被拋下，許許多多的珠寶正如瀑布般從山坡傾瀉而下的錯覺。

錯綜交匯的溫熱泉水在地底下流動，發出淙淙聲響，浸潤著土地。晨間的露水接觸地面，產生繾綣煙霧，山峰在其後隱隱可見。

村子裡的每一寸土地美雪都走踏過多次。島江的景色，與紀伊山地和她上路以來行經的風景十分不同。她對島江熟悉到每一個偏僻的角落都像她家一樣，沒有任何一條小路、任何一座茅草屋頂、任何一塊白蘿蔔田、水芹菜田、桑葚園、稻田是她不熟的，所以每次晚上勝郎問她白天做了什麼時，她都真心地回答她從沒離開，而實際上是不停地到處走動。

在島江，一切一覽無遺，沒有未知的彼方。

然而，在山上，美雪毫無任何參照點。她什麼都不知道，除了對勝郎的回憶，或他的鬼魂。因為這個她記憶模糊的勝郎並沒有實體，沒有獨立生命，美雪可以按照自己的意思隨意改變他在這條朝聖路上的形象，如同有時一些小蒼蠅嵌進了視線時，她轉轉眼珠就能把牠們趕開。

經過一處山泉，美雪把魚簍中的水換新。

勝郎每次敘述前往平安京的旅程時，都會提及他對換水的重視。因為囚籠搖晃和內部水量不足已經讓魚隻很不舒服了，行動遲緩麻木和魚簍水溫升高會讓牠們更加痛苦。

不過當美雪換掉老舊的水時，鯉魚變得很奇怪。牠們開始繞圓圈，碰撞得像是喝醉或眼盲。

這時美雪才想起鯉魚只適應河水和池塘的水，陌生的山泉水太難以預料了，裡頭充滿不明物質，對鯉魚來說有可能是劇毒。

美雪坐在樹根上，手伸入魚簍裡，用指腹輕撫鯉魚的背部和兩側，希望能讓讓牠們安靜下來。

¶

天上低壓壓的雲層彼此緊緊聚攏相依。

朝聖者腳步加快繼續往前走。其中兩人在離美雪不遠處停了下來，意欲小解。他們年事已高，高山上的寒風凍僵了他們嶙峋的指頭，讓他們無法解開紅色絲質狩袴。他們停靠之處正好鄰近寺廟，萬一天候嚴峻，還能夠避寒。

其中一位解尿之人面容又窄又長，嘴唇很厚，唇色很深，像一匹馬，對美雪笑了笑。

「妳要跟我們一起來嗎？」他說，「我們會在寺廟借宿一宿，那裡的和尚是佛教徒，不過他們也敬拜神明，而且對女人的態度並不輕蔑。」

「再說，」他的同伴接著道，「最先拋下紅塵俗世皈依佛法的三位佛教徒，不正是女人嗎？」

「可能是吧，」美雪說，「我不太清楚。」

「我們會為妳說情的，應該能輕而易舉地讓廟方收留妳。」

「還有，」那馬臉男看向魚簍，裡頭的鯉魚還在繞著圓圈，「我們可以幫妳揹，從這裡到神廟並不遠，可是路會越來越陡。」

「謝謝你們的好意，」美雪說：「但我發願不能讓魚簍離身。」

彼此幫忙之下，兩名男子終於相互解下底褲，待尿液一洩而下，又黃又多，在石板路上，像是帶有泡沫的兩道小溪流匯聚而下。泥土很快將尿液吸收了，只剩下氤氳的淡淡熱氣。馬臉男與他的同伴紓解過後，發出輕輕的喟嘆，重新穿好衣服。

雖然無法靠雨水將魚簍裡的水全部換新，美雪希望雨水至少能夠稀釋造成鯉魚瘋狂的毒性因子。可是雲層越來越厚，帶著暗紫色的灰雲預示這將不只是一場驟雨而已。美雪擔心她的鯉魚突然暴露在雨滴如雷的捶打之下，將遭受另一起創傷。

兩位朝聖者再次重申邀約美雪一同前往佛寺的提議。

安身避雨的念頭很吸引人，但美雪想要自主地勇往直前。因為某些原因，她不是很喜歡寺廟這地方。她彷彿能再次看見勝郎努著嘴、皺著眉，提到借宿某些寺廟的夜晚，有些和尚以教導為藉口，愛撫著年輕男孩。勝郎對僧侶與小男生之間的曖昧關係並沒有意見，但他卻感嘆這些聖人對年輕男孩的熱切關愛，竟絲毫未展現在對借宿旅客的照懷上：小沙彌們飽食成山成塔的年糕和淋上黑糖漿的碎冰，可是旅客卻只有隨意去皮的水煮蔬菜。

「帶著這些魚，我必須慢慢走。」美雪向朝聖者解釋，「你們先走吧，我再跟上。」

馬臉男和他的同伴越走越遠。一開始，他們還時不時回頭確認美雪是否跟上，大動作地鼓勵著她。後來，他們也不再掛心，直直向前走去了。

很快地，美雪又是孤身一人了。長條狀散開的雲被松樹林給纏住，天空像個鍋蓋沉甸甸地壓下來，光線昏暗得讓坐在一座石燈籠下的美雪以為已入夜了。

野獸開始於樹叢間嚎叫，其中又以猴子最為吵鬧。美雪自問，究竟是獸群的呼叫喚來了雨，抑或牠們這般鬧騰是為了嚇退大雨？

暴風雨驟臨，短暫而狂暴。有時，只聽得見冰冷的雨滴鞭擊著樹林。道路已成了小溪。

當月亮自山谷間升起，消逝，而後又因雲層消散而自山緣探頭，美雪終於看見朝聖者提到的寺廟輪廓。這是座小廟，附近有條小山泉流過。位在山邊小村莊東邊的陰暗小廟，孤零零地縮在雪松林間。雪松帶有樟木的乾燥氣味，與森林在下過雨後散發的宜人甜香形成鮮明對比。

三、四個矮胖的身影走出寺廟，在雪松林間小步躍動。原來是拿著火把的小沙彌在點亮布滿森林的石燈籠。每當他們彎身點燈，衣服的寬袖子便從腹部展開，像是螢火蟲的鞘翅，讓小沙彌就像是在樹林間帶著光飛行的螢火蟲。

自從勝郎允許美雪跟隨到草川的那個春夜之後，她已許久未見過螢火蟲了。走近草川時，幾個發亮的綠色光點開始在漁夫與他的妻子身邊嬉戲。螢火蟲越聚越多，每前進一步，便會看見更多的螢火蟲，直到聚集成了片片光雲。河邊，有成千上萬的螢火蟲在濕潤的青草間發光，在樹叢間閃爍。清新的微光有節奏地搏動，像是由同一顆跳動的心臟所激發的脈搏。在美雪的記憶中，從沒看過如此美麗的景象。勝郎告訴她，螢火蟲象徵生命存在的短暫，因為一旦變為成蟲，牠們就只剩下三、四週可活，這還是雌蟲的特權呢，雄性螢火蟲的壽命更短。

「勝郎，」美雪問道，「你也想在我之前死去嗎？」

「噢，當然啊，」漁夫平靜地回答，「就像我父親在我母親過世前就先走了。這就是事物運行的道理，不是嗎？」

美雪抬起手臂一揮，給了勝郎一記耳光。

「我們的道理跟螢火蟲的道理才不一樣！」邊說著埋怨的話，她給勝郎的這記耳光，聲響大過於實際的疼痛。

他笑了，雙手覆上妻子的手，用拇指指尖柔撫著，像是捉著一隻狂亂的小鳥。

「不是螢火蟲的道理，也不是人的道理：一切都毫無道理，美雪，沒有道理，沒有神，命運決定了一切，而它總是對的。」

漁夫還說，對大部分的人而言，螢火蟲是靈魂前往亡者的國度之前最終的示現之一，展現死者頑強地攀住任何形式生命的意志，即便只是壽命短暫的螢火蟲。勝郎並不相信這些無稽之談。很快一個動作，他捉住了其中一隻，伸到美雪眼前，勝郎手心裡的螢火蟲不再發光，變成了一隻黑色的硬殼小蟲，僵硬得讓人以為已經死了。

美雪一開始以為森林間的小沙彌是隨意地走動，但並非如此。仔細觀察後，美雪看見他們只會點亮其中某些石燈籠，卻跳過另外一些。更靠近一點看，她才發現他們跳過的那些並非燈籠，而是石碑，是幾個世紀以來敬虔人士在山坡上所立起的幾百個石碑。

有些寺廟雖然原始又簡陋，卻有著極佳的天然環境，於是依然吸引了流浪僧侶於此地落腳，暫居一段時間，幫寺廟擴建、裝飾、變得宏偉，直到建起了有相輪的塔閣，或是彩色木雕。

這正是美雪面前這座廟宇的情況。

它是為了紀念不動明王，一尊絲毫不為任何事物所撼動、所感動的守護神，猙獰的臉部暈著一圈火光，厚厚的嘴唇嘟著不變的怒容，爆出兩顆向內捲的犬齒，右邊的朝向天空，彷彿一個升天的邀請；左邊的指向下方，譴責由幻想所生之惡。

因為祂能看見所有事物的本相，不動明王對猶豫、疑惑和混淆毫無所感。相對於美雪這油麻菜籽般的存在，不動明王的力量令人無法抵抗，祂揮掃殆盡路上的一切，沒有任何東西能阻止祂。須臾之間，祂就能將意念傾注於肥厚額頭上的抬頭紋、眉間紋、瞠目末端的魚尾紋及扁鼻根處的法令紋，更別說那兩顆滴著唾沫的尖牙，只要丁點怒意便足以嚇退任何膽敢忤逆祂的敵人。

人人皆知不動明王引領著亡者之魂，透過頭七時進行的相關儀式，就能夠保證死者的永生。美雪雙手交疊，在佛像前敬拜，額頭都快磕到地板。她向不動明王懺悔自己沒有遵守丈夫死後的七日之儀，因為她為了準備前往平安京的旅程，忙到像是無頭蒼蠅，但既然不動明王照拂著成千上萬的亡者，或許無論如何，祂仍會願意祝福庇祐勝郎的靈魂？

就在這個時候，一隻在美雪頭上樹葉間晃來盪去的猴子讓樹枝發出了聲響。美雪抬起頭，這一動作，亦讓一陣異香鑽進她鼻孔。

這股香味清新而幽微，混和了松木林、胡椒薄荷和鳶尾花根的味道，來自一棵好幾百歲的香柏樹幹上一個離地約二點五公尺的長形凹洞。美雪把她的簍子放在樹墩，盡可能地墊高腳尖，一隻手總算摸到了那流著樹脂、隆起卻光滑的樹洞邊緣，就像結痂癒合後突起的傷疤。她的指頭碰到一團老神木的落葉。當然，一定就是這些葉子發出了強烈的甜美氣味，幾乎薰得她頭暈。可同時，美雪也認定這從樹木散發出來、像層薄紗般圍繞著她的香氣，就是不動明王對她祈願關照勝郎靈魂的答覆。

因此，內心重獲安寧，她再次挑上扁擔，朝著寺廟走去。

¶

這座寺廟有兩棟建築，由一道L型的長廊連接，長廊的屋頂由香柏樹皮搭建而成。後方不遠處有一棟小屋，權充朝聖者的公共食堂和臥鋪。美雪在那兒看見了馬臉男與他同伴，他們正在晚餐，吃著山上的野菜。她碎步走到他們的矮桌旁，屈身行禮。

「我就在想您應該不會自己一個人。高山、大雨，又入夜了，對年輕女子來說一點都不合適。對了，」馬臉男說，「我叫晃也。」

「我是元貴志，」他的同伴說，「請坐這兒吧。」他邊說邊往旁邊挪出位子給美雪。

美雪跪坐在他兩人之間。晃也眼神怪異地來回打量著她。

「不過，小姐，我沒看到您的魚……？」

「噢，」美雪說，「我想最好把牠們留在晦暗的臥鋪，而非暴露在賓客的貪念前。牠們都是很肥美漂亮的鯉魚，可能會引起人的食慾。」

「您可真多疑！」元貴志笑著說，「您把牠們像是寶貝般地照看著，可牠們只是魚而已啊，這兒的河裡滿滿都是。您的魚到底有什麼特別的呢？」

「沒什麼特別，只是牠們是我丈夫從草川抓來的。勝郎是下野國最好的鯉魚漁夫，我不是指技巧最高超的，因為捕捉如此溫和的魚，一點都不值得拿來說嘴。可是勝郎的目光像是能劈水見底的銳利刀鋒，他的視線能穿透河泥，猜到石頭底下躲著什麼。如果他覺得石頭下方有他想要的鯉魚，他一把石頭翻開，就正好會是他要抓的魚。對，就是那一尾，不是別的。我看過勝郎筋疲力盡地從河裡歸來，渾身汙泥，滴著水，有時候還留著血，但他對他捕的魚從沒失望過，從來沒有。這些跟我一起旅行的魚是他最後捕捉的。之後，他就離開了這世界。」

美雪向他們述說勝郎的死，這事實上沒有人親眼看見的意外過程，是她透過村民在草川河邊找到的幾個跡徵想像出來的：溺斃處的泥土表面留下的長長抓痕、爬行的痕跡，奮力逃離淤泥吸噬的搏鬥下造成的河岸塌陷，以及幾根有些矛盾地象徵長壽的白蒼鷺羽毛。

她從沒一下子說過這麼多話，尤其是在陌生人面前。如果要談論自己，美雪一定無話可說；不過說到勝郎，話就自動如同細針似的小魚苗般聚集在她的口中跳動，自然而然脫口而出。

那兩位朝聖者互換了眼神，喉頭發出聲音，好像嚥下一口痰似的。這附帶的沙啞聲代表他們對美雪產生了疑心：的確，她描述得很好，但與其沉重地強調漁夫溺死的情形，為什麼她不間接地簡短提及觸碰到丈夫不潔的屍身之後該做的淨身儀式就好？這個年輕的女人，竟然散漫地毫不擔心夜晚要在哪落腳（如果馬臉男和他的同伴沒叫她跟著他們到寺廟，面對大雨、暗夜和野獸，她是能躲哪兒呢？），她是不是連面對勝郎的死也如此漫不經心，以至於現在身上還帶著汙穢與不潔，正傳染給他們呢？

然而，儘管忖度審慎，在用過粗茶淡飯後，他們還是陪伴美雪來到女人的臥鋪，並確認她和鯉魚什麼都不缺，馬臉男還殷勤地給了美雪幾塊螺旋貝殼狀的小糕餅。

「給您的，小姐，萬一您半夜肚子餓。」

「不過您現在就可以吃了，」元貴志說，「這些糕點很好吃，而且您今晚幾乎沒吃什麼東西。」

美雪謝過兩位對她的照顧，將魚簍放到她蓆子的兩側，自己也躺了下來。

當他們在走廊上越走越遠時，美雪似乎聽見低低的笑聲。有一瞬間，她擔心他們在嘲笑她，不過自己的外表、舉止都絲毫無可讓人笑話之處，於是她說服了自己沒有人在笑，只是外面透進來的聲音讓她誤會了，或許是漸強的雨打在樹葉上的聲音。

她身旁睡著的女人呼吸聲很大，多數都是上了年紀的婦人，前來祈求神明讓她們到另一個世界時能坐擁在人世間沒能獲得的東西。因為爬上神廟耗盡了氣力，她們全都蜷縮著乾瘦的身軀躺在白淨的棉布上，讓人想到一大片嶙峋多節的乾樹枝，被風折斷後吹落在地上。她們微微散發出一股混雜著甜甜汁液、破裂莖桿和潤濕樹皮的淡淡氣味。

美雪吞下一塊朝聖者送她的年糕，裡頭塞滿黑糖紅豆餡。有時勝郎回程時也會帶回來，他總是在一座跨河大橋上，向一個黑黑的窄小攤販購買。然而，勝郎買回的甜點帶給美雪多麼豐富的能量，朝聖者的年糕就引起了她多麼難以抗拒的睡意。當她將另一塊貝殼狀的甜點移近嘴邊時，她感覺到雙眼正在闔上，而且在黎明到來之前，世上再也沒有任何力量能讓它們重新睜開，就像是小時候，她毫不抗拒地微笑著迎接侵襲的睡意。年糕從她手中掉落，在她身下翻滾，一直滾到大腿下方，最後被壓成細細的粉末。天空發出絢爛異彩，發出隆隆雷聲與閃光的暴風雨瘋狂擊打寺廟牆壁，對暴風雨毫無覺知的美雪沉睡之際，可能有一隻小老鼠趁機偷溜進了她的衣摺裡，正大口享用一頓意外的大餐。

8

暴風雨後的寧靜喚醒了美雪。雖然天空仍舊陰暗，她直覺認為實際的時間應該比周遭幽暗氛圍帶來的印象更晚。鳥雀的嘰喳聲已經蓋過了河流的淙淙水聲，美雪認出白雀鳥的合唱、棲於梅樹上的夜鶯鳥囀啁啾、鶺鴒此起彼落的長聲獨唱，其中一聲咕，讓美雪想起園池司使節叫囂說話的樣子。

漫入神社的薄霧淡化了晨光，但這並不妨礙起身探看鯉魚的美雪清楚地發現，八尾鯉魚中竟然有六尾不見了。一記雷擊中了樹，將它劈成兩半，美雪從頭到腳一陣痙攣。她大叫了一聲。還懶洋洋地躺在臭汗濡濕的黏膩草蓆床墊上的老女人，覺得美雪的哭喊比雷聲更驚人。

美雪狂奔跑過寺院。她瘋狂撞著牆壁，像隻困在燈籠裡的飛蛾。

沒什麼會比這突如其來的狀況更糟的了。若是沒能將鯉魚平安帶到御池，美雪這趟旅程便失去了意義，還會讓島江蒙羞多年。

面對這麼嚴重的事，美雪感到從未有過的孤單。確實，她經歷了勝郎的死，但那時她還有著村人的支持，而且雖然勝郎的身體已經動不了、看不見，也說不出話了，卻仍然與她同在，她依然能夠繼續對他說話，想像他的回答，甚至模仿他那總是帶點不確定的好聽嗓音，微微上揚、起伏，像是河流被風朝著上游吹過一般。

她需要有人來見證她的困惑，一個願意仔細傾聽的人，就算因為這人只能模糊地理解緣由，因此第一時間根本無話可說也沒關係。

她呼喚元貴志和晃也來幫忙。慌亂之間，她忘了兩位朝聖者預計在寅時起程，現在應該已經在神社後方居高臨下的彎曲山路上。

晃也確實曾提議他們可以陪她走到下一座寺院，不過也說因為元貴志和他腳程較快，不確定美雪這般嬌小的女子可否跟上他們，加上她肩上還挑著那沉重的擔子。

「我們會很早出發，晚了並不明智。」元貴志說，「因為太陽一出來，夜裡低溫形成的硬土就會變得泥濘，而我們一定得在山坡路變得危險之前就穿過峽谷。」

「絕對會很危險的。」晃也說，他一邊用力點頭，一邊盯著美雪看，好像已經能看見她在谷底摔得粉身碎骨。

¶

走廊空蕩蕩的，滑門上的油紙阻擋了光線的穿透，整座寺院靜悄悄的，只有一座巨大的圓柱形梵鐘在由多根繩索縛綁懸掛的大木桁敲擊之下，發出了又長又沉的迴音。儘管鐘聲渾厚，卻響著令人平靜的聲波，如浪潮一般地在山間迴盪。當鐘聲散射到谷底處時，迴音更甚，而升至山頂時則更顯嘹亮。

在鐘聲呼喚之下，除了在寢室呼呼大睡的老太太以外，所有借宿寺院的人都聚集到了拜殿。如果說有什麼人能幫助美雪找回不見的鯉魚，那一定都在這裡了。如果沒人幫她，她就只好去尋求寺廟裡有在販賣、據說充滿三種力量的護身符了：守護、治癒，以及最重要的現世利益，也就是此生能立即獲得的益處。美雪想要即刻實現的願望，就是把她的鯉魚還來。

沒錯，歸還鯉魚，因為牠們並不是自己逃走的。假設牠們真是在驚恐之中跳出了魚簍外，就會掉到硬邦邦的地上，那麼緊繃而弓起的鯉魚將會呼吸困難，鰓色轉藍，而後變黑，最後死在地上。

¶

美雪跑過連接寺院居所和拜殿的小通道，奔跑所引起的風在撐起廊簷的柱與柱之間吹拂著，美雪聞到了土地被雨水淋過的味道，以及因山上降下霧氣而變酸的氣息，沉重的灰色霧團正如海浪般朝著牆面襲來。

美雪邊跑邊想到，跪在神壇之前，她應該得先拔除所有不潔的念想，不論是慾望（但強烈想要取回鯉魚的念頭，不也正是佛祖排拒的一種慾望嗎？）或是怒氣造成的（她對這不知是何方神聖的鯉魚小偷，不管他是人是獸，甚至可能是一群猴子，從她眼前偷走了最漂亮的六尾鯉魚這件事，感到強烈的憤怒）。

她也知道無法期待佛祖的任何恩惠、善意，或任何神蹟的介入。祂們的天性就是會對這種祈禱充耳不聞，頑強地不聞——不過神靈也沒有比較友善。對這些高高在上的神明來說，這個人類不過是個小碎片，一個漂離了支撐力量的脆弱粒子，她與那支持著她的存在之間的連結，脆弱得只要一口氣就能吹散。勝郎曾是她最親近的人，兩人心性相近到美雪有時會忘了使用女子說話時該用的敬語，而使用男子的說話方式，讓丈夫唸了她一頓：妳講話像是有上千隻臭蟾蜍在妳嘴邊蹦跳！此時的勝郎正在探索一個她無法進入，甚至無法想像的世界，美雪只能依靠自己了。就算是最敬虔的禱告、最微弱的嘆息、最充滿誘惑的姿態，勝郎都永遠不會再有反應了。

美雪穿梭在一群信徒間，逐漸靠近神壇。神壇由四盞油燈微微地照亮，油燈的小火焰隨著信徒呼吸的頻率站起又躺下。神壇在紅色和金色的布疋，和用來點燃線香的木炭火光之下，微微地閃爍著。

佛像半明半暗，好像佛祖憐憫地擔憂覆蓋著他那尊肥胖分身上的金箔，對累慘、凍僵、有時甚至瘦骨嶙峋的朝聖者來說會是種挑釁。他們對著佛像的喃喃自語，眼神貪婪地盯著祭壇上寒酸的供品：乾淨的水、幾隻碗裝著滿成微微弧形的蒸飯，或是一點豆子。

美雪比較熟悉神道教儀式，對佛教祝禱的方式不熟，於是緊盯著身邊的人模仿，以免做出跟別人不同的動作。她將合十的雙手舉到頭上，接著慢慢下放到喉頭、心臟的高度，而後跪下、彎身，直至額頭觸碰地面。第一次叩首時，在鼻子碰到的地方，她似乎嗅到一絲糞便的味道。這味道讓她回想起島江居民共同養育的幾頭牛所居住的狹長低矮牛舍，她鼻孔抽動，對著那淡淡氣味深吸一口氣。牠們小小隻的，身體緊實，有著濃密柔軟的毛皮和有彈性的皮膚，骨架瘦得不像是可以拉貨車的牛，不過在有力的肌肉帶動之下，精準的動作平衡了外表的柔弱。

勝郎與美雪都沒有屬於自己的稻田，連一小塊菜圃都沒有。勝郎忙於捕魚，沒有時間種田，美雪則是忙於照顧家裡的捕魚器具和鯉魚池。而且，因為希望對村莊有所貢獻，她自願跟受指派的年輕女子一起照顧村子共養的牛隻，負責像是撿拾動物糞尿、在桶中加水稀釋、再灌溉入田的工作。美雪的手臂和髖部比其他年輕女子更結實強壯，因此通常都是她帶著桶子穿梭於田地之間，彎腰用一柄長匙舀出稀泥狀的混和物澆下，盯著它沿稻桿流到根部，如果中間遇到節點而流向他處，就得用根稻草去修正稀泥流下的路線。

美雪從未覺得處理這泥糊很討厭，若是審慎按古法教導的比例調製，並且將混和物靜置一晚沉澱，讓揮發性物質能蒸發掉，那麼從桶子裡冒出來的味道其實淡淡的，甚至有點甜甜的。要聘僱新的年輕女孩時，美雪一定會盡量淡化這工作的臭味問題，並保證牛隻在春天吃下了許多小花，這讓牠們的糞便帶有安息香的氣味。

升起的這一陣噁心，讓她覺得彷彿嚥下了一口鄉愁，想起了自己的日常生活。

她感到氣惱，自己過去並未好好珍惜生活的美好。

但，她過去的生活真的美好嗎？

美雪曾經跟成千上萬的日本女人一樣，活得死氣沉沉、筋疲力盡、貧苦無依，只有兩件事不同。相較於她死於逃亡途中的父母——當時地方藩主反抗天皇，藩主手下的戰士展開屠殺——美雪並未遭受過真正的苦痛。與這起叛變同時發生的，還有一場威力強大的地震，以及朝鮮半島的海盜劫掠。而她從未經歷棍棒擊打的生硬疼痛或是長鞭造成的熱辣傷口；她身上的傷疤都是大自然造成的，走路絆到石頭、跑步撞到矮樹枝、驚嚇了動物以致被咬一口、在冰面上滑倒、被荊棘輕輕劃過——當下她還自我安慰，甚至笑了出來，覺得是自己不小心誤擾神靈的隱私而受到責罰。

在她陰鬱的生命中唯一的例外是勝郎的愛。勝郎給她的，以及她回報給勝郎的愛。

美雪記得，夏天夜裡，巡迴說書人把吵到影響他說故事的夏蟬給捻死後，坐在廣場中央，用一種戲劇化的聲音說著一個又一個被各種殘忍不公的命運給拆散的有情人的故事。島江人都淚濕長衫衣袖，只有美雪和勝郎兩個人手肘互推，哈哈大笑，因為他們確信，任何極盡誇張的人為之惡都不能夠分開他們，當然，除了死亡。不過，即使死亡的念想輕拂過，既看不見，也就像是不存在。美雪和勝郎掩面咯咯笑，笑到發抖，村人還以為他們是在抽泣。說書人於是開始對死去的蟬感到抱歉，雖然牠們跟這對年輕夫婦一樣吵，但至少音調不會這麼高。

美雪很開心過得這麼幸福，儘管事實上，她並不了解幸福這個詞的義涵（她叫它 shiawase）。她應該無法幫這個字詞下定義，或是與難以計數的相反概念作出區隔（不幸、受苦、受傷、磨難、不安、羞愧、噁心、厭惡、失望、極度厭倦、極度疲憊、軟弱、欺騙、悲慟、絕望、創傷、無聊），這些都是敏感的受造物的日常命運。

但幸福已經結束了，她不只再也見不到勝郎，或許從此再也無法見到島江。她弄丟了鯉魚，令人無法原諒，怎麼還敢回村？她該向村長說什麼？該如何向信任她的村人交代？

是不是最好繼續前往平安京，到園池司去面見司長，靜候渡邊大人宣判她該受什麼責罰？她會不會被懲罰清洗那些要呈向天皇，被砍了頭的敵人屍體？為了彌補她的無能所犯下的過錯，這或許是一個相當合適的懲罰。若是仍不足以贖罪，或許可以允許她自害，這是面對無法接受的狀況之下，唯一光榮的解套。這種儀式性的自殺行為是貴族女子、戰士的妻子與子女的特權，但是也有區區女僕以待罪之身選擇自害，希冀能夠贏回主人的好感。用懷劍刀鋒劃過頸動脈或者切斷咽喉，可以證明美雪對園池司和對島江同胞的忠心。

這種死法以迅速死亡聞名，而且不像切腹一樣需要一名帶刀的朋友協助，在自殺者承受不住折磨時將其斬首，以縮短他的痛苦。女性自殺者唯一的顧慮是，在跪坐於腳跟上之後，得將雙腿併攏，避免死亡倒下後姿態不雅。

若她做了這個決定（這一點都不令她痛心，因為勝郎已經不在這個世上了），會遇到一個無法解決的困難：她並沒有懷劍，並且顯然也沒有任何獲得一柄懷劍的方法。

維持著俯伏的姿勢，美雪抬起眼睛看看周遭，希望能從朝聖者決定成為僧侶後拋棄的物品之中，看見一柄暗中閃著光芒的懷劍。

但是擺在祭壇上的供品就只有幾只碗，裝著水、花、香、燭火、食物，和放在米堆上象徵著音樂的螺狀小貝殼。

此時，山中傳來一記雷聲。寺院的鐘在沒有鐘杵碰撞之下也嗡嗡作響。

就在這時候，美雪看見她那六隻不見的鯉魚的頭，被推到祭壇下方，從紅色和金色桌布邊緣的流蘇下方露出來。鯉魚美麗的鰓還鼓著，背部的長脊骨看起來像是六隻白色的赤裸梳子，上面一點肉都沒有，但仍罩著染上死色的魚皮，像是穿著又薄又僵硬的皮外套。

美雪只覺一陣噁心，趕緊用手掌摀住嘴。她的額頭重新垂下，重重地敲到地面。

被偷，被殺，被瓜分，被吞吃……

這事必是人做的。如果是動物所為，牠們會連頭都吃、把珍珠色的骨頭給咬碎。

戶川忍是個還算年輕的僧人，但他臉上有很多九歲時得到天花而留下的痘疤，讓他顯出老態。他得病時，有段很長的時間徘徊在生死邊緣；因為對熱氣變得極為敏感，他幾乎總是全裸地躺臥在房裡，那化膿的天花膿包散發出臭不可聞的氣味，連他母親都無法跟他待在同一間房間。在保護靈的庇佑之下，他奇蹟般活了下來，之後就感恩地把生命獻給這位七福神之一的守護靈。獻身宗教之後，戶川忍的位階逐步遷升，現在已成了這間寺廟的住持。這寺廟雖是佛教廟宇，仍被朝聖者視為熊野國裡三處必訪的神道教聖地之一。

他在夢閣接待美雪，這是個八角小亭閣。有一回王子在這亭裡做了個夢，夢中有隻神獸下凡開釋他一卷當代解不出來的經義，因而賜予此名。

在亭閣一樓的中間，屏風隔出一個只有幾個布枕的空間。透過油紙，依稀可以看出大片山林圍繞著這屏風隔出的空間。

戶川忍邀請美雪坐下，並細說分明（出於謙卑，也為了表示敬意，美雪避免坐在布枕上）。

當美雪談著這趟旅程的緣由，強調失敗不僅僅敗壞了自己的名聲，更會造成島江居民極大的損失時（她低下頭，遮掩幾乎要奪眶而出、流下雙頰的淚水），寺廟住持想起《銀色女經》上說：「即使過去、現在、未來所有佛的眼珠都奪眶而出並落地，世上也絕無女人能成佛。」或許她們之中有些人能夠接近悟道，但要突破最後一關，她們一定得重新投胎成男人才行。

頭微微向旁邊歪斜，住持細細打量著美雪，暗忖若她投胎為男子，還真是可惜了。戶川忍並非偏愛小沙彌的那種僧侶，他喜愛的是尼姑。人們常常看見他走在通往鄰近尼姑居住房舍的那條碎石路上。那些尼姑忙著洗熨僧侶的袈裟和準備餐點，整體來說，就是負責與寺廟維護有關的一切。這也就是為什麼住持向他的弟子說，希望下一世投胎為女人或是牛。在他眼中，所有幫助男人的生物中，這兩類是最美的。

因為只顧盯著美雪看，戶川忍根本沒在聽她說話。他動了動身體，努力重新接上方才的思緒，試著想起這個女人求他主持公道的緣由。為什麼她穿得這麼隨便就來見他？她不是應該先梳頭、束髮、洗把臉，再過來？難道她激動到連喘口氣都沒有，就從山腳下一路跑上來向他哭訴？

「年糕的確美味，」她說，「但我不該全吃掉的。」

「妳在說什麼？」住持邊伸展邊問美雪。

「當然是在說那些小糕點，昨晚元貴志先生和晃也先生送我的那些螺旋狀糕點。」

儘管已經認定他們應該就是偷走鯉魚的小偷，她言語中還是表現出漁婦對兩位到熊野的朝聖者該有的尊敬。

「這些糕點從哪來的呢？」

「從寺院廚房來的，他們是這麼說的。」

「他們騙人！」戶川起身抗議。「我們的廚房兩個月前就開始短缺紅豆粉，根本不可能做出這種糕點。我猜應該是妳提到的那兩位先生自己做的，裡頭添加了強效安眠藥，為了讓朝聖途中遇到的人昏睡，這樣更容易敲詐他們。」

保險起見，戶川忍派遣兩名弟子到儲放藥材的櫃子去確認。小沙彌很快就回來呈報：有兩個小絲袋不見了，一包裝著小串的龍葵果實，一包裝了烏頭草根。

「現在幾乎可以確定妳的旅伴為了偷走鯉魚對妳下了藥，」住持說，「殺了鯉魚之後，他們大概是用夜裡點亮神壇的油燈來煮魚，然後吃掉。但願他們吃了魚也無法饜足，並在這一世還有好幾千萬世的輪迴中，都如只能吞吸山頂清風般地無法飽食。至於妳，年輕的夫人，冷靜下來。妳的傷痛解決不了任何事。鯉魚不會因為妳哀嘆與淚流滿袖而重新冒出來，回到牠們的陶簍子裡。告訴我，如果事情無法像妳希望的那般進行，妳還會繼續這趟旅程嗎？」

「如果還有理由讓我向前走的話！不過現在，我兩手空空，還去平安京做什麼？」

「為了妳當初離開村子的理由，為了妳已經走了這麼遠，還爬上了這座山。」

「不過這原本是有意義的，現在再也沒有了。」

「為所當為，永遠都是有意義的，」戶川忍說，「就算是妳認為不再有理由繼續下去的時候。我希望能幫助妳意識到這個事實。」

「不過我該怎麼跟園池司司長說？我要給渡邊名草大人什麼理由呢？」

「沒有理由。妳也不必道歉。如果人家責罵妳，要保持沉默，就算是罵錯了也一樣；如果人家責罰妳，也別抱怨，就算是罰錯了也一樣。或許，」帶著一抹慧黠的微笑，他繼續說，「或許妳還是能夠完成被託付的任務呢。」

「怎麼完成？到底怎麼完成？八隻魚已經夠少了，我丈夫勝郎每次都帶二十幾條魚。我呢，只帶了八條！我本來還想再走第二趟的，甚至第三趟，如果渡邊大人要求的話……」

「聽我的勸，沿著山側的斜坡朝北方走。很快地，妳會走到一條叫作淀川的河。人家說那裡有很多魚。河邊也有很多漁夫在捕魚，一定有人能幫妳抓幾隻漂亮的鯉魚的。」

「漂亮的鯉魚？你們淀川裡最美的魚也比不上我們河裡的任何一條。我們的是最長、最重、線條最美、最強壯的。牠們的鱗片就像半開的扇子，多麼精緻，多麼和諧啊！草川，這條屬於我丈夫的河流，它的豐饒正如他的貧窮一般；這麼說不會絲毫降低我丈夫的價值。」

「妳說得好像妳丈夫已經……」

「是的，沒錯。」美雪很快打斷他，忘了自己對住持該有的禮貌。「你猜對了，勝郎死了，就像梅樹上的花兒被一整天的強風給帶走了。不過，就算梅花散落一地，被人踩在腳下，梅樹仍會在下一年的春天再次開花。可是什麼時候、在什麼樣的世界裡，我丈夫的靈魂能夠重生呢？」

戶川忍原本就薄的雙唇抿得更細了，這是他微笑的方式，一種特別展現給小孩子和老人家的親切微笑。

「夫人，我沒有答案。我當然可以提出幾種可能，甚至給妳希望，但沒有什麼是千真萬確的，就連最不可動搖的真理也是不穩固、會變化，且可質疑的。在今天早上的雨中看似真實的事物，或許在烏雲散開後就成了幻象。不過我確實相信靈魂——

妳稱作靈魂的東西——它不會從一具身體跳到另一具身體裡。它被牢牢地栓在一個受造物身上，因此肉身的殞滅也必定造成其靈魂的殞滅。」

「他說得沒你說得好，不過勝郎也是這麼想的。」美雪喃喃自語。她好像又看見了漁夫掌中那又乾又黑的豆子，那些失去了光芒與生命的螢火蟲殘骸。

「當妳的丈夫還活著時，」住持說，「他所有的行為都像是一顆顆小種子，形成他的業。然而，業本身在人的生命隕歿之後，仍然存在，組成生命的那些種子亦如是，因由人所為，故自外於他，即便在其人生命終止之際依然繼續成長。看看那些在風中被吹拂紛飛的植物種子，它們來自一株植物，但它們並非此株植物本身。種子與植物是分離的，當它掉落地土，埋藏其中，就會長出另一株植物。若它們能夠思考，它們不會記得任何事，也不會預期任何事。沒有過去的記憶，也沒有對未來的預期，它們就如同廣袤大海上的一根麥稈，飄盪在當下這一刻。在妳看來似乎存在著邏輯的世界，只不過是所有因果報應交織之下形成的一團混亂。這個世界若不是由這千千萬萬行動的結果不斷地交替影響，便不會存在了。」

黎明方顯清朗的天空此時再度聚滿了雲。

「那麼，」戶川忍問道（當住持越是刻意用莊嚴的語調說話，他的嗓音越傾向於往上拔尖），「妳決定怎麼做？繼續前往平安京？還是掉頭回島江？」

9

美雪花了幾個時辰才終於下了山。

就算失去剩下的兩條魚，對她來說，無論是面對園池司、村長或是村人，都沒有太大的差別，所以她毋須如同前幾日般小心翼翼地前行。不過倖存的鯉魚是由勝郎所捕捉並馴養在島江家中的水池裡的，他曾輕撫過牠們，跟牠們泡過澡，才使得鯉魚逐漸膽大起來，敢於摩擦他的大腿。因此，牠們可說是勝郎在這世上最後遺留下來的肉體印記了，而這印記是美雪無論付上多少代價都想守護的。

她於酉時抵達山腳。像羊群在日落時回到畜舍的庇蔭，天空中一團團的烏雲聚攏、鼓脹，大腹便便，滿載雷雨，從山頂上不斷加速下沉。棉絮般的表層不時會透出蛇形的光束長鞭。

在日本雪松林的最外層，石子路開始轉為林木繁茂的陡坡處，有一道河流。應該就是住持說的那條河了。

美雪決定登向淀川的上游，如果這真是淀川的話；她與河床保持著距離，避免讓自己的影子映晃在河面上。畢竟，她還記得另一個勝郎在徹夜長聊時講過的故事：河童，一種小型水生奇獸，身上布滿醜綠的鱗片，說話的聲音介於猴子和青蛙之間。河童惡名昭彰，靠著頭上一個能夠儲水的凹洞，讓牠能從溪流或池塘跳上陸地，因此任何生物都逃不出牠的殘忍手段。在狩獵人類時，牠會用帶爪又有蹼的手從人的肛門刺入，伸進腹部去取出肝臟來吃；河童甚至也吃小孩子，牠會先淹死他們再吃下肚。不過，河童最喜歡的還是小黃瓜。勝郎每每沿著河走都非常小心，總帶著幾根長得好看的小黃瓜來轉移河童的注意力。

儘管如此，美雪並不相信世上真有河童存在。勝郎用小黃瓜的故事逗她，而她也笑了，現在想到也還是會笑。因為天暗了，沒人看得見她，她覺得沒必要以手遮口，而對於能夠在濕氣一波波襲來的夜裡毫無阻礙地張嘴大笑，她感覺非常美好。

就在此時，美雪的木屐絆到了某樣橫在路上的長型物體。她彎身查看。那是一具屍體，一具年輕男子的屍體，非常英俊，完美的鵝蛋臉在雷鳴不斷和閃電照耀之下更顯死白。他有張小嘴，眼睛微張，死亡並未讓他闔上雙眼。他的下巴尖端有一小綹鬍子，還算整齊的衣裳散發出一股混合了泥土與河裡水草的淡淡氣味。一眼看去，他身上沒有任何傷口能夠推測死因。平躺而鬆弛的屍體看起來平心靜氣，姿態和諧地像是躺在一張軟床而非光裸的地上，使人感覺死亡就是他原本的天然狀態。

單單是絆到了屍體就足以使美雪的靈魂沾染穢氣，而她傾身查看，差點碰到死者，又再加重了穢氣。美雪覺得自己既然已經沾上這麼多的穢氣，就算現在再把死者身體翻過來檢查他的背部，看看他的死因，也沒什麼差別了。

她把簍子放到地上，用石頭穩住。然後再次傾身，把屍體翻了過來，先是檢查肋部，再查看腹部。美雪注意到繫住男子白絨寬袴的細繩已被解開，露出滑落到了腳踝的兜襠布——又或者，是被人給脫除的。後者的可能性比較大，因為年輕男子的肛門已經被像是刀刃的東西給狠狠地切割、撕裂。臀部和大腿上方凝結的血汙，與柔軟鮮紅的兜襠布形成了鮮明的對比。

河童的惡行毫無疑問地擺在眼前，牠用牠又圓又尖的喙，撥開了筋肉，直搗肝臟所在。

美雪退至一旁嘔吐。然後她抬起頭，面朝天，急切的吸飲瀑布般降下的雨水，渴望洗掉嘴裡嘔吐的酸味。

美雪跪在死者身邊，因驚破夜空的隆隆雷聲而斷斷續續地向他低聲說道，如果她就這麼棄他不顧，完全不做任何幫助他轉世投胎的事，那些要求她除去因他而起的穢氣的神靈，定會給她更嚴厲的懲罰。儘管神明們已經讓她見識到了祂們的殘忍，奪走了這世上她最重要、比神還重要的人，並且允許那馬臉男晃也和他的同夥元貴志偷走了她八條鯉魚中的六條，還把牠們吃掉。

雖然她已經決定在情況允許之下盡己所能，但這死透的年輕男子應該要知道，她無法獨自一人進行釋放與昇華靈魂的儀式；她既不知道相關的咒語念法，也沒有必需的法器，更沒有做這些事的權力。

她所做的第一件事是將屍體移開，以免除了河童之外，其他從河裡上來的野獸再度凌辱他。

她一隻手臂滑到死者頸後，另一隻手臂則伸到他膝蓋下方，試著將他舉起。可是對美雪來說，他太重了，便只好放棄。

就在此時，一柄原本應該是被藏在袖子裡的懷劍，從年輕男子的衣服中掉了出來。金屬劍鞘緊緊貼合著劍的形狀，劍鞘飾有鳥紋，而刀面則刻有在風中飄舞的蘆葦。

這個發現讓美雪心情複雜。是神靈讀懂了她的心思，知道她想要懷劍嗎？祂們此時送來這她曾經渴求的東西，不就是要她用以發揮物品受造的目的，也就是自害——女性以懷劍切斷頸靜脈自殺？

但，發現這把懷劍並沒有解決兩個重要的問題：究竟該割位在脖子何處的血管才合乎禮儀？又，就她所知，這種自殺方式是貴族仕女或英勇戰士的配偶所專屬的；她從未聽說過區區漁夫的寡妻可以這麼做。

就在此時，她看見一艘細長、底盤較淺的小舟飄盪在淀川上。

小船看來像是漫無目的地漂流，但這不過是夜晚飄過河流的烏雲導致光線朦朧而造成的錯覺。事實上，三個穿著簑衣的男人輪番將長篙伸進河裡抵住河床，奮力推動著小舟逆流前進。

美雪躲在屍體後方，害怕如果這些男人發現她，就會朝她過來。他們只要靠岸就一定會發現死者，並嚴厲地審問她。

她會因為隱瞞事實而受到懲罰，一個她根本一無所知的事實，而判官卻會將她的不知情視為叛逆和隱瞞。她彷彿已經感覺到脖子被枷鎖給緊緊套住，還得持續承受好幾個月。鎖骨上沉重的木枷磨擦折磨著她，痛徹入骨，她的肩膀將會終生受此之累。這刑具的設計恰好讓受刑人伸手無法觸及口部，如果她想活下來的話，即便是一小撮米飯、一小口水，都將被迫得乞討而來。如果她選擇不求助於任何人地穿越森林（日本對她來說似乎是一座巨大的森林：從島江出發到目前為止，她幾乎一直都在樹木的壟罩之下），那麼她因饑餓而日漸衰弱以至於死亡的機率，約莫與行使自害而亡同樣肯定。

美雪並不怕死，如果死亡臨到，她只嘆沒能好好欣賞今年秋天的景致。秋天是她最愛的季節，天氣依然柔和，夜裡才會變冷，且不是刺人的寒冷，只是涼得讓人想進屋，但也不到要蜷縮著肩頭、裹著厚毛衣的地步。而說到蜷縮著倚靠的地方，還有哪裡比得上勝郎特意為美雪敞開的溫暖身軀更舒適呢？她就像島江那些受到魚味吸引而大膽進門的貓一樣，邊發出小聲呼嚕，邊往勝郎懷中鑽。

不過勝郎溺死了，秋天的美好也隨之黯淡了。

那艘小船靠上河岸，其中年紀最大的船員看來似乎就是船長，身材短小，下巴長得奇怪，上頭飄著一綹雜黃色的鬍鬚，從船上跳到岸上。因為剛從晃動的水面走到堅硬平穩的陸地上，他試圖用歪曲的雙腿平衡身體，這姿勢維持了一會兒。

「小姐，」他看向屍體後方的美雪，她正瘋狂扒著被暴風雨打濕的泥土，試著掩藏自己。「妳最好現身出來。我知道妳在那裡，小姐，在妳躲起來之前我就看到妳了。」

美雪發出一聲嘆息。

「我也知道妳和這個死人沒什麼關係，」男人又說，「真的，妳完全沒必要怕我們。」他彎曲的雙腿搖搖晃晃地走近美雪。

「這跟我當然一點關係也沒有。」美雪強調的同時，還是繼續小心翼翼地躲藏。

「但又有誰會相信我呢？」

「這位死者是源賴光武士的家臣金太郎的一個隨從，而源賴光武士本人則對我們敬愛的攝政太政大臣藤原道長大人忠心耿耿。」

腿不方便的男人懷著深切敬意提到這些名字，幾乎在每個音節都點頭致敬，美雪卻一個也不認識。船夫對她的無知感到非常驚訝。

「妳到底是活在什麼地方啊，小姐？」他嘆了口氣，「要知道，源氏和平氏之間的械鬥越來越頻繁。終有一天，將不再會有任何休戰期，而如果屆時這個國家還存在的話，他們之間的鬥爭將會延燒整個國家。今天早上日出時，大概是在寅時與卯時之間吧，一群由平氏收買的土匪殺了這個被妳以為可以當作屏障的年輕人。為什麼他們要殺他？只因為他背著一幅印有龍膽花和竹葉的白色旗幟，也就是源氏的標誌。而我們呢，」他指著還留在小船上的兩位船員，「這起殺人案跟我們就和跟妳一樣無關：我們只是些小小漁夫。我們跟著這個可憐的年輕人，是為了找出他主人金太郎的行蹤。說到底，這件事妳懂嗎？」

「哪件事？」美雪問道。

「噢，有傳聞說當金太郎還是個擁有神力的孩童時，他曾與一隻超大的鯉魚搏鬥。這是很久以前的事了，就算這條非比尋常的魚真的存在，現在大概也死了。不過，我的朋友和我感興趣的並不是這條鯉魚，而是那條金太郎曾騎上鯉魚、以雙臂擒抱並用手肘抵住魚鰓，直到終於馴服了牠的河流。畢竟，這條河裡或許還棲息著其他這類的奇魚。不過，小姐，你對這些應該沒什麼興趣吧！」

接著美雪現身，突然就站到了屍體前面，眼睛睜得大大的，嘴巴也是。

「正好相反，我非常感興趣：我曾是中村勝郎的妻子。」

「啊，」船員眉頭一皺。他壓根不知道這位中村勝郎是何方神聖，但他倒也不急著補足這遺漏的資訊。

「他也是漁夫，」美雪接著說，「一個非常厲害的漁夫，可能是世上最厲害的。現在平安京宮廟裡頭游的魚都是他在我們的草川捕來的。」

岡野光忠，也就是那艘漁船的船長，又皺了皺眉。他是聽人說過有一個特別的漁夫，住在本州島非常西邊的山陰地區，靠近阿武火山群，在山坡背光面海的地方。不過他一直都不知道那漁夫的名字，可能人家在他面前提過，他卻沒太注意。他，岡野光忠，不抓那些觀賞用的魚：他抓的魚都是要拿來吃的，魚長得好不好看不重要，他的客人只關心重量與風味。

「如果妳要去平安京，要不要跟我們一起走？」他提議。「就算是溯往上游，水路也是路途最短且最安全的。雖然妳離京城不遠了，不過就算只是一小段路，對沒人保護的獨身女子來說也藏著危險。」

「謝謝你的提議，」美雪說，「不過我不能跟你們三位一起旅行，因為剛剛靠近了那死去的年輕人，我身上已經被染上穢氣。再說，不只是靠近，我還摸了他、聞了他、翻過他的身，甚至看到了他屁股上的傷口。我猜他是被河童給弄死的。」

岡野一邊咬著牙，一邊用手掌拍著自己的大腿；這是他笑的方式，像是禿鷹見到腐肉時露出了陰森森的興奮之情。

「妳猜錯了，小姐，是平氏的人撕爛了他的肛門，讓人以為是河童做的，想藉此逃過源氏的報復。」

他大步走向河岸，在雨後變得柔軟的沙地上留下腳印。

「與其帶我一起走，」美雪又說，「或許你們可以幫我一個大忙，岡野先生。」

她指了指魚簍，示意他靠近看。岡野往前走，探頭，接著吹了聲口哨，把兩名同伴也叫上。

「來看喔，你們兩個，不是每天都能看到這樣的魚！」

「我本來有八尾，想讓八尾鯉魚在夏天長期乾旱過後的平安京宮廟池塘裡繁衍下去已經不容易了，現在還被偷得只剩下兩尾。你們也是漁夫，可以幫我抓幾尾補上我被偷走的魚嗎？」

岡野與他的同伴很專心地盯著看。

「事實上，」他邊看邊說，「我們的魚跟妳的比起來只怕是要差多了。沒那麼豐滿，比例不整齊，顏色暗淡，魚鰭也在產卵時受了損傷。」

「我會說是魚在途中受了些苦的關係。噢！求求你們，岡野先生……」

岡野和他的同伴蹲到旁邊去。驟雨劈哩啪啦打在他們背上的蓑衣，看來就像敲著烏龜的殼。

岡野光忠終於朝著美雪走了回來。他的兩名同伴願意幫她抓魚，不過她必須以一石米來換一條魚。

「因為不知道我們捕到的魚對平安京的宮廟來說夠不夠漂亮，妳只要付妳認為有資格帶到御池的就行了。看我們多誠實啊，小姐。」

提出要求的時候，美雪也想到需要準備一份謝禮給岡野和他的同伴，不過她只剩下一點點鮒鮨和年糕了。

「我什麼都沒有，」她喃喃道，「沒辦法用米向你們換魚。」

那三個男人彼此交換了心照不宣的眼神，似乎覺得好笑，像是本來就預期她付不出來，也早就想好了別的替代辦法似的。

待一記特別猛烈的雷聲過去，又耐心地等著那些被雷鳴炸裂的聲響給驚嚇紛飛、鳴叫四散的鳥兒重新回到被風吹彎的松樹、櫻桃樹和柳樹上躲好，他才開口。

「聽我說，小姐，有個辦法能讓妳想要多少米、就有多少米。不只是米，還有絲綢、香料或鹹魚，甚至是跟珍珠項鍊一樣從中間由繩子串起來的大把銅錢。」

「是什麼方法？」

漁夫指向河的對岸，在狂風翻動的蘆葦叢間豎立著一棟建築。暮蟬的狂躁叫聲與緊緊相挨的蘆葦在強風鞭擊下發出的摩娑之聲交織混合。

岡野光忠得非常用力說話才能蓋過周遭的吵雜。

「上船吧，我載妳到河對岸的雙月映泉客棧。到那裡之後，妳就說要找老媽媽桑，一個有著綠色嘴唇的老太太，然後跟她說妳可以幫她工作。」

「是當米娘嗎？」美雪猜測。

「我們這裡叫遊女，不過是一樣的。那綠嘴唇的老女人最會招攬客人，也最滑頭。她還不是媽媽桑的時候，是淀川這一帶最厲害的遊女。噢，她是不會讓妳好過的，不過在她的調教之下，只要幾天，妳就會有錢到能讓任何漁夫，不管是我還是別人，去幫妳抓住淀川和其他旁支河流裡的所有鯉魚了。」

撐著篙，他指向一棟歪斜的屋子，兩端翹起的屋簷在一排十幾棟皆近似方形、立於木樁上的屋子之中，看起來特別突出。這破屋子屋簷奇怪的角度、受潮的木隔牆上不規則的黑塊、莫名的裂口，還有突出於房子表面樹瘤似的突兀硬塊，是為了排解風、雨、洪災，還是說，它不過是那些連一塊木板都沒鋸過的建築工人用撿來的材料拼湊出的一棟木屋？這些建築最後最常發生的情況是被積雪的重量給壓垮，或是毀於火災。

「去吧，小姐，抓住妳的機會！」

10

雙月映泉客棧名字的由來，是因為當空氣中的薄霧凝結成水氣，有時會在視覺上給人錯覺，以為淀川河水中映照著兩個月亮。

一座延伸入河的傾斜棧橋與客棧相連。幾艘大漁船倚著支撐棧橋的木樁停泊。

受到了進駐木牆的菇類影響，雙月映泉散發著一股潮濕且令人頭昏的霉味、麵粉味。丁香、菊花、米糠的氣味從客棧內部飄散出來，混和著霉味，形成一股特殊的客棧氣息。

美雪毋須附耳就能聽到女人的聲音，多數都很年輕，其中偶爾會突然出現高亢的呻吟聲，就像害怕的小狗。

美雪進門時，好幾位赤身露體的女人帶著羨慕的眼神，看著一名全身泡在冒著蒸氣的木桶裡、只露出肩膀的女人。為了不弄濕頭髮，泡澡的女人把棕色長髮披散在木桶邊緣，讓她圓潤的臉龐看來就像藏在深色花瓣中的花心。

在房間後方的陰暗處，有個年長的女人，臉部水腫，鼻子扁塌，大嘴又寬又濕，像隻蟾蜍似的，寬大的中衣紮進腰間繫著結的緋絝，斷斷續續地朝一個被好幾條繩子懸綁在木樑上的妓女身上灑水。水乾的時候，繩子就變細，劃破並深陷入她的皮膚。正是她在發出如小狗般的嗚咽聲。

雖然卜令處罰的人待在幽暗角落，美雪還是看見了她綠色的嘴唇。她猜想，應該就是要求教於這位老媽媽桑，請她幫忙招來出手闊綽的恩客，讓自己有錢能補上滿滿的鯉魚。

媽媽桑一邊不停地朝她上方搖晃掙扎、痛苦呻吟的受難者澆水，一邊聽著美雪說明來意。她抿了抿綠色的嘴唇，然後像貓咪發怒般哈氣。

「明天，在未時結束之前，妳不只能填滿妳的魚簍，還會有足夠的錢能買下岡野的漁船、船篙、漁網、魚池，甚至是他那兩個什麼都做不好的船員。不過，別以為是因為妳的美貌，更不會是因為妳的愛撫。事實上，初見妳的第一印象還不錯，可是近看就會發現妳並不是真的很漂亮。妳的下半臉比上半臉小，嘴唇向前凸出，像是要給人一個吻。啊！別別別，千萬不要，吻或什麼其他的都別給：如果我蠢到同意滿足鯰魚般邪惡的岡野收妳上船來，要知道，男人靠近妳的時候，如果我沒說可以，妳什麼都不能給他們。他們的船如果靠近，用船側擦撞我們的船，就表示他們願意付錢換取妳微薄的關愛。就算是妳向他們臉上呼出一口氣之前，都必須先讓他們通過老媽媽桑這一關。一切都要談、都要掂量、都要計價，而我就是那個決定價格的人。相信我，我可以把妳的每一滴口水都變成黃金，就像一隻鳥停在眼前的高枝……我忘了我剛講到哪了，妳記得嗎？」

「講到您不滿意我的嘴唇，媽媽桑。」

「把它們張開一點，讓我看看妳的牙齒。」

美雪聽話照辦。老女人發出刺耳的笑聲。

「這種張嘴的方式啊！人家還以為妳在捲一張曬了整個夏天的破爛簾子呢。沒人跟妳說過要先用舌頭舔一下，潤滑上光嗎？再說，這牙齒，」她用雙手摀住臉說，「這牙齒！一個結了婚的女人，要把牙齒塗黑。」

「我已經不是結了婚的女人了，我是個寡婦。」

「妳有注意到動物不會染黑齒嗎？白色的牙齒讓妳跟動物沒有兩樣。」

回想起島江的小牛，美雪回答說她喜歡動物，喜歡牠們的陪伴，不覺得跟牠們有一樣顏色的牙齒是種侮辱。

「我警告妳，」老媽媽桑斥責說，「我在淀川一帶有很好的信譽，可不會讓妳弄髒我的招牌或是讓我的老客人失望。」

儘管受到威脅，甚至正是因為受到這些威脅，讓美雪知道自己已經說服了媽媽桑。為了確認這點，她決定再重複一次她的優勢。

這時候，在棉繩的啃噬之下，受處罰的妓女肌膚最柔軟的地方滲出血來，皮膚開始冒出越來越多淡淡的、越來越鮮紅的小點。

「放了她吧，我求您了，媽媽桑。」美雪說。

她將身子彎得極低，遞上淀川岸邊年輕死者的懷劍——直接斬斷好過試圖解開一團糾結，加上老鴇為了化妝時不抓傷自己的顴骨而把指甲剪得短到不能再短，實在很難讓她快速解開繩結。

美雪的額頭低到老媽媽桑的腳邊，為的是讓那位受罰的遊女可以早點自痛苦解脫。她無法不想到，過去勝郎為了確保送到園池司的新鯉魚能好好適應，長時間身處的壓力一定很需要好好紓解，而或許這名年輕女子曾經陪過勝郎。美雪並不覺得嫉妒，因為丈夫這些歡快的時光不過只是幾簇火光罷了，就像在除夕驅魔儀式中射出的著火的箭在空中劃過所留下的痕跡。

不過，為了某種原因，媽媽桑看起來顯然不想親自用刀。美雪俐落一刀，立刻就將捆綁懸吊著受罰遊女的麻線團給斬斷了。

受罰的女人幾乎沒有時間向前伸手以減緩墜落的衝力。掌心著地的她，前臂為了承受自己營養不良的全身重量而彎折，就像是彈簧一樣，接著攤在地上好一會兒，像一隻石化的蜘蛛。最後，她倏地起身，縮著身體緊靠美雪，咬字不清地說著聽不清楚的話。她的聲音活潑高亢又尖銳，頭髮被媽媽桑澆的水弄濕，散發出一股柔和的淤泥味道。因為勝郎曾說河裡的人魚歌聲如鶯燕，她們會扭動著鑽出水面並散發河泥的氣味，這讓美雪決定叫她人魚。

唯一被允許在客棧過夜的遊女，是媽媽桑從那些最豐滿的肉體之中，親自挑選出來幫自己在夜裡貼身暖床，或是可以讓她把腳伸進她們衣裙、跨在她們溫暖的肚子上的。於是美雪與人魚，還有另外十幾個因為不夠豐腴而不足以擔綱暖床之用的過瘦女子走上浮橋，進入那年輕妓女和媽媽桑用來接客的黑色小船。

「我們酉時上工，」人魚向美雪解釋，「但化妝和穿衣的儀式更早開始。媽媽桑來的時候，我們得準備好待命。妳已經看到我來不及編好頭髮得付出的代價了。跟貴族女子一樣披散頭髮，我真的錯了，我承認！」

「妳的頭髮好美、好長！」美雪對她的長髮讚嘆道。美雪自己的頭上結著一個不鬆不緊的髮髻，是她用草叢裡撿的細木枝和植物莖梗自製的幾柄梳子和幾枚細針隨意綰起的。

相反地，人魚的頭髮恣意垂至腰際，形成一道閃耀的黑色瀑布，頭一動便光芒四射，同時散發出為了讓頭髮滑順而塗抹的髮油甜香以及上光和護髮用的山茶花髮膏氣味。

年輕的女人在浮橋旁坐了一會兒，七嘴八舌談論著世界和雙月映泉客棧該有的樣子。接著她們各自走進指定給她們的小舟，船中央有用薄薄一層蘆葦當作簾子遮掩的小屋，裡面布滿蓆子和抱枕，為了稍後讓遊女和恩客嬉戲之用。

躲進內室之前，美雪先安置好她的魚簍，如此就算淀川河水搖晃了小船、讓舟船彼此相碰，魚簍也不會翻覆。兩隻僅存的鯉魚感受到河流和風雨迫近的威脅，不斷地在囚籠中繞著圓圈，就像以前牠們在草川的和緩處產卵前被修善寺河口沖刷時同樣狂躁。閃電光芒射入魚簍的水中，映照出魚鱗閃閃發光，彷彿是許多的石榴石、黃玉和碧璽。為了將魚看得更清楚而傾身越過船舷的人魚忍不住驚呼一聲。

「退後！」美雪大喊，同時在人魚面前揮著懷劍。「這把刀提早解除了妳的處罰，可是如果妳想碰我的鯉魚，我一定會用它殺了妳。」

人魚退了開來，覺得惋惜。為了安撫美雪，畢竟她也還沒感謝美雪的搭救之恩，人魚給了她一些食物，幾片青菜、漬飯和甜栗子，是媽媽桑分給每個人的，除了美雪以外。綠唇老婦或許還在等著看她的能耐，才決定是否要收留她。

「就算被處罰了，晚上還是可以吃飯？」美雪很驚訝。

「客人都選擇最沉的船，這表示船上的妓女最豐滿。如果不給吃的，要怎麼讓女人圓潤到能動搖小船呢？」

美雪對於把這些事情想得如此周全的媽媽桑們感到佩服。

「妳覺得我這身子夠豐滿、能夠吸引淀川的男人嗎？」

人魚兩顆棕色的眼珠像是蝴蝶在探索花叢般上下打量美雪的身體，然後小心翼翼地開口。

「恐怕不行。」最後她這麼說。「不過，妳可以把棉絮塞進衣服，塞滿前面，別忘了袖子也要。」

「妳叫我上哪裡找棉絮啊？」

「用妳的懷劍啊！」人魚放聲大笑，「妳只要剝了那臭老太婆的一兩件衣物就行。她像冬天的樹枝一樣乾瘦，所以會把所有衣服肩膀和大腿的地方塞滿滿。」

「那她為什麼把嘴唇塗成綠色？」

人魚露出一絲譏嘲，皮膚被繩子勒出的痕跡又開始滲血了。而後她的嘲笑突然轉變為嘶啞的小聲叫喊，像是被自己的笑給掐住了喉嚨。

「她根本沒塗任何東西！她的嘴巴總是那樣，綠綠軟軟的，靠近時會聞到腐爛的食物、餿魚和動物糞便的味道。我是覺得那老太婆已經死了，但這似乎並不妨礙她活著。」

「怎麼說？」美雪十分困惑。

勝郎從沒在他死後現身過。無論夏目村長和島江的女人如何百般鼓勵她踏上前往平安京的路，她都不相信陡峭的紀伊山路上那或多或少近似人形的霧漩會是勝郎的化身：他不是那種會糾纏著美雪的人，不會像昆蟲叮咬在抓不到的地方那樣討厭，越是想抓它，就越覺得癢。

「我不會解釋，但這是真的。那女人有種妖怪的感覺，我覺得啦。雖然她放了我，不過之前有三個被她用綑綁我的方式吊著的女孩，聽說都死了。我不知道是不是真的，不過很有可能。」

綠唇媽媽桑登上美雪的小船時，美雪還在睡。媽媽桑邊含糊嘟噥，邊將遊女梳妝所需的香膏和飾品一一陳列出來：髮香膏、混和了油和蠟的面霜、由米加水的調和磨碎製成的厚厚白粉、上粉用的竹刷、由吸水性強的地衣植物做成的粉撲、用來畫眉的泡桐木碳筆，還有從漆樹癭萃取出來的粉末，那是塗黑牙齒所需的材料。

全部都擺好之後，媽媽桑才叫醒美雪，給了她幾球用蠶繭和蠶絲碎屑揉雜而成的灰褐色團絮，並命令她去收集長灌木開出的花朵與山茱萸樹鮮紅色葉片上的晨露，和這些團絮一同浸泡，為的是讓手下的遊女用來敷臉，維持白裡透光的肌膚。

「別慢吞吞的。船要開了，我可不會等妳。自從各方開戰以來，生意越來越難做了。很多男人棄守平安京，跑去保衛自己在遠方的家園，好像要爆發內戰了一樣！」

「您不認為會發生內戰嗎？」

「我沒問妳意見，妳也別問我的。」

當她再回來時，媽媽桑的船篙已經放到河裡，沉重的小船已經離開了河岸。媽媽桑不開口，綠唇不叮嚀美雪要小心，單單看著她衝刺，在黏土質的河岸幾乎要滑倒並跌入水裡，然後在最後關頭跳上了船。美雪的雙手忙著抓緊浸了露水的幾球團絮，無法再抓住別的東西，只能撲上船後全身平趴在船尾。髒兮兮的她起身時，媽媽桑用手背在她的顴骨上拍了拍。

風吹來，雲散天晴，河水輕拍著舟身，下行的水流將小舟帶入了一群船隊之中：它們或滿載長長的麥捆，或載著自各船屋收集來的垃圾，由老水手掌舵開往河川下游，朝著難波津駛去，它們將在那裡被倒進大海。

船上有五名女子，外加撐篙的媽媽桑。美雪跟其他女子一樣都拿到一個燈心草做成的網子，給客人（雖然美雪連一個都還沒有）放碎香、銅繩、米、鹹魚、蠶絲碎布，用來感謝她們的服務，不過這些全部會交到媽媽桑的手中，在扣除因許多未被告知的注意事項而衍生的罰鍰之後，餘下的殘點碎屑才會交給年輕女子。

美雪跟著人魚和其他遊女，靠著船舷，邊像小猴子一樣拍擊著安在肩上的鼓，邊唱著歌，吸引男人前來：

我討厭的
是不喝清酒
愛說教又自命不凡的人。
看著這樣的人
我覺得他就像個笨蛋
談著無價之寶！
這可有比

一口濃烈的清酒
更珍貴嗎？
談論著珠寶
閃耀了夜空！
這可有比喝酒
帶走煩憂
來得暢快？
只消今生
圖歡快，
何須思慮
來生變
為昆蟲？為禽鳥？

隨著日落，越來越多舟船加入了它們隨波逐流的行列，遊女的歌聲伴著歸巢水鳥嘰嘰喳喳。有些停靠在岸邊或進行著船上交易的商人，被遊女和水鳥的合奏樂音打擾，便用船槳大力拍打水面，想要驅離那些「愛之船」。

人魚認為最有效喚醒男人慾望的方式就是用上綠唇媽媽桑特別調製的一種香粉。把香粉沿著船舷擺成一小撮，朝香粉吹一口氣，讓風帶著香粉飄到可能的人客鼻前。

戍時末，美雪注意到河畔一盞燈籠的微光，看見一個人影微微搖晃。幾乎同時，媽媽桑駛船向岸。

岸邊站著一個男人，燈籠的微光不足以讓人看清他的五官，再加上他還低著頭，並像小孩子為了閃避耳光那樣將臉藏在外套袖子底下。儘管提著燈籠的男人身上並未配戴任何貴族家徽，但很明顯地，單從他問候媽媽桑的方式看來，就知道應該是宮廷顯要。

五位女子緊緊依偎著船的扶手，但是河水拍擊著鵝卵石的聲音讓她們聽不清楚媽媽桑跟客人的對話。

「只要聽見這個虛偽的老太婆喊他這廂大人、那廂大人，我敢說她一定會開出最高的價錢，」人魚說。「我賭她跟他討了一件絲綢衣裳。」

「妳覺得她真敢這麼做？」

「還要繡上秋天的花朵。」人魚繼續說。

「這少說要一個好匠人二十五天的工資哪！」

「那，」一名遊女指著她旁邊的女子，悄聲說，「這客人一定是給赤染的。」

美雪稍稍轉頭，想看看人稱赤染的女子容貌如何。她的圓臉皮膚很白，雙頰豐滿，眼皮下的眼睛深邃得讓人無法不多看幾眼，睫毛又濃又長，而且捲得很自然，嘴唇不是很厚，但形狀很好看。她好美喔，美雪心想。

就在這時，她看見燈籠沿著一道長長的、優美的軌道劃過夜空，停到了她附近，近到她覺得火光的溫熱正透過油紙糊的牆壁撫著她的面容。這並非錯覺，她的額頭與顴骨變得又紅又燙，就像是裡面有火在燒一樣。人魚也是，目光跟著燈籠畫了個弧。

「我搞錯了，」她拿起年輕女子的手壓著自己的唇，邊喃喃說道。「這個男人要的是妳，天草美雪。那件繡著秋天花朵的絲綢，是妳的……」

跨上船的時候，男人蹬了岸邊一腳，讓船航向河中央，這表示他成了扁舟乘客的主人。

如同貓咪找到適合睡覺的地方時會發出舒適的呼嚕聲一般，客人坐上遊女安置在舟船內室的的抱枕，並發出輕聲咕噥。跪坐在腳跟上，他以唇就碗，喝著媽媽桑遞給他的清酒。他把喝酒當成向他選出的妓女致意的方式，雖然他是在昏暗之中指定的，還沒好好打量過她。他只是受到她的腰線、輪廓、纖細身形，以及她輕聲對他說歡迎的聲音所吸引，還無法確定她是否能滿足自己私密的慾念。

這賭注、風險，是他要承受的，更是他所追求的。

大概兩次裡會有一次，或者三次裡有兩次，他會錯估挑選的遊女，發現自己身旁伴著粗魯的女人，而她們又急又笨拙的愛撫不但無法滿足他的慾望，還使他惱怒。但他只會忍受，不會抱怨，甚至也不會多要一點點溫柔的撫觸。這些可被收買的愛人恰恰反映著他對這世界的理解：溫柔漂亮的妓女象徵著皇城平安京，如此精緻、高雅，對任何事情都極度講究，而粗俗的女子則代表其他民族，那些甚至沒有名字的遠方國度，他們與日本既無貿易也無外交。即使從來沒人談論這些遠方國度，男人也確信在他處，在日本的五個海域、六千八百五十個群島列嶼之外，必定存在著廣袤地土。登上淀川的一艘愛船之際，這位客人並不只為了滿足性慾。每名遊女都是一塊陌生的地土，每次交媾都是在航向無垠世界中的一個異域之國。

他並不是一個要求很多的情人，只需要妓女的曲線、聲音和香味就能滿足他，做愛對他而言不是必需的，他甚至不需看見女子的裸身；裸體對他來說的吸引力有限，因為他認為這副皮囊只不過是此一無限複雜的受造物的一小部分，想要真正擁有她是不可能的。

「你這碗酒是在哪兒買的？」

「在一家低調的館子買的，大人，」綠唇媽媽桑說。「大人可知，今晚我給您上的是口嚼酒，也就是美人酒。」

「口嚼酒？真的嗎？我還以為這種用嘴咀嚼米粒再吐出的古老製酒方式已經失傳很久了呢！」

「您說的是，大人。不過我知道有家酒館仍然保留這項讓十七歲以下的處女咀嚼米粒，用她們的口水化米成酒的奇蹟。」

為了喝乾最後一滴酒，男人向後仰，這讓月光清楚地照亮他的臉，也讓美雪能夠仔細端詳他的面貌。

雖然看得出是個老男人，但時光並未在他臉上佇足太多：他就像那些不知在多少世紀前就建成的廟宇，人們可以透過斑駁傷疤、屋樑的焦黑火痕、屋頂雕龍的殘破程度推估它們歷經過的祝融之劫與地牛翻身，但它們依舊倖存並堅定地挺身，在整修之後，有時甚至會比歷劫之前還更加宏偉。

媽媽桑等客人隨著美雪消失在幽暗的舟船內室後，便守在入口，打開一柄巨大的竹骨油紙傘，遮擋河岸邊可能經過的好奇路人。

女子橫倚在布滿船底的靠枕上，而內室狹小，讓男人不得不躺臥在女子身上。感覺到老先生壓在她身上，美雪溢出一聲輕喟。

「抱歉，」男子柔柔地說，「我並不想弄疼妳。」

「沒有的，大人，」美雪在手指屏障之下（因為不想讓男人聞到她的口氣而覺得不舒服，於是她以手掩嘴）回答，「我顫抖是因為怕無法滿足您：我只跟一個男人做愛過，就是我丈夫。他死的時候，我們依然深愛彼此，所以並不太在意做愛的方式。

雖然我不是很有經驗，有些笨笨的，不過您想要什麼，我都可以給，希望我怎麼做、喜歡怎麼樣的姿勢，請講得明白些，帶領我、擺佈我的身體。」

儘管男人的體重讓美雪深深陷入靠枕的柔軟填料之中，她還是扭動身體，成功地伸出雙手將她的上衣下襬捲起，然後掀起她的外袍。

只有媽媽桑一人知道紙傘後方正在進行著什麼，她盡可能保持低調，但一丁點都不遺漏，因為萬一客人投訴，她必須知道妓女們做了什麼，或者沒做什麼，而讓客人生氣。

一邊監視著兩人做愛，媽媽一邊繼續撐篙，散發芳香的小舟被緩緩推著前進，與裡頭對性交急切的渴望形成對比。

其他睡夢中的女子，因為船身的狹窄而難免彼此交疊。軟軟地垂出船舷的手或腳在水面上畫出似昆蟲飛行的優雅航線。就像一顆顆的甲州葡萄，女子們彼此臉貼著臉，頰上的白粉開始剝落，微露一絲淡淡的粉紅。

小船靈巧地在河流中保持直行，要不是因為遇上一艘載滿了燕麥、正開往淀川上游的駁船，小船是不會有絲毫停頓的。

當客人努力從束縛著他的繁複衣褶、襞褶、翻領之間拔出他的陰莖時，美雪心想：將最私密的自己向一個陌生人敞開，她的感覺如何呢？

勝郎的性器是她的身體所接受的第一個，也是最後一個。他過世以後，美雪強烈地想再次與他做愛，這種無法壓抑的熱切慾望隨著時間變得越來越難以抵抗。夜裡，她多次醒來，覺得有人在屋裡走著，是個果決、有活力的男人腳步聲，為了不吵醒她而放輕踩在地上的腳步。一定是勝郎。他當然已經死了，美雪親眼看見燃燒著他屍身的煙往大空上升。不過，或許死亡比人們以為的更具穿透性，如同修善寺河口的懸崖，看似緊密堅實，實則當草川漲水時，許多峭壁上的裂隙便開始噴水。雙眼緊閉的美雪在半夢半醒間微笑，一隻手的手心張開，讓勝郎若是前來躺臥在她身邊，能將臉頰放在她的手心之間，枕著她溫暖柔軟的指頭。不幸的是，她總在感覺到手心上有丈夫臉頰的重量之前便睡去了。當美雪在早晨睜開雙眼，她的第一個念頭便是聞聞手心，接著立刻相信自己聞到了河水、散發鯉魚味道的濕泥、塵土、森林、紫羅蘭，和河岸旁鳶尾花的氣味。

現在肉體的衝動再也無法得到滿足，美雪仰賴著回憶。她只要閉上雙眼就能回想起勝郎傾身靠近的臉龐，重新感受勝郎陽具插入的激烈瞬間，玉莖來回抽插著自己的丹穴，讓小穴因這幽魂陽具而緊緊收縮。而後，在夢裡，幻想中的勝郎陰莖逐漸脹大，直至充滿了美雪的整個下體。

若是周遭寂靜無聲，夜鶯不鳴唱，雨水不敲打茅草屋頂，她會持續幻想，直到爆炸般的高潮痙攣，接著很快又再次高潮，甚至第三次。

不過，這天晚上，老男人從遊女之中挑選了她，即將在她身上烙下他玉根的印記——若是他能順利從繁複的衣物之間找出那東西的話。美雪擔心這番長驅直入會像是在硬闖入她的空虛心門。

她必須做好心理準備要克制自己、要掌握局勢，去說服自己並沒有背叛勝郎，這個客人根本沒什麼、不是什麼重要的人，稱他為大人並不代表他真的存在，只要想像著淀川漁夫岡野光忠在黎明的晨光下被為了她所捕捉的鯉魚給壓彎了肩膀，一擺一擺地走著，這與她共度一夜的老男人就會消失，像是夜裡的白灰蛾隻，朝著紙燈籠振翅拍擊，暈頭轉向，然後倒在船底，昏死過去。

老男人終於成功將他的性器從布料枷鎖間解放。血液奔流讓陰莖甦醒並站了起來，像是伸長脖子在望月長嘯；露出的龜頭指向天空，又尖又紅，美雪覺得它看起來像一隻狼，一隻本州的小狼。

美雪側躺著，讓男人選擇要從正面或是背面來。她的身體緊實，髖部小小的，胸部不大但有肉。男人將美雪的身子翻轉，腹部向下，然後伏平緊挨著她，用自己身體的結凸與凹皺愛撫著美雪肉體的柔軟曲線。

美雪閉上了雙眼，反正也沒什麼可看的。在船上的蘆葦簾子後方的河岸，盤根錯節的柳杉和叢生的蕨類彼此相間，伴隨著葉片的顫動，好像一群不耐地等候表演開始的女人，手中折扇窸窸窣窣地搖擺著。

那名老男人現在已經成功地撩起自己的褲擺，陰莖也硬挺了。不過，他顯得並不著急。

男人撫摸著她的雙臀時，美雪心想，不知道他會不會注意到自己臀部的特點；

她右臀的形狀有點像水滴，左臀則圓得像顆球。儘管自己並不在意，但勝郎卻非常喜歡如此不對稱的臀部。是天生如此，抑或是意外傷害造成的？或許左臀原本也該同右臀一樣長成水滴形狀，但不知原因為何，左臀水滴的尖端被削掉了，讓圓的部分獨自倖存？

男人傾身貼向美雪，她可以感受到他溫熱的呼吸從自己的尾椎骨一路探向脖子，可他似乎沒注意到什麼不對勁。總而言之，兩邊臀部的差異至少在過客的眼中或許不太明顯，只有勝郎看得出來。

儘管可被視為興奮徵兆的呼吸聲越來越重，但男人依舊還沒進入美雪，就連即將要進入的跡象也沒有。

撫揉了美雪的背以後，男人依舊緊伏在美雪身上，良久不動，只是沉思。

然後，他用四肢將自己從美雪身上撐起，縮起小腹，像是要避免兩具身體的任何接觸。

現在他退後起身，速度之慢、之生硬，就像我們懷著期待打開一個空抽屜，希望裡面裝有什麼值錢的東西，最後卻只能帶著遺憾關上。

「我無法讓您滿意嗎，大人？」

男人並未立刻回答，繼續慢慢地後退，像是要與某種他所無法忍受的東西保持距離。

美雪想到某個冬夜，島江的居民安靜地遠離一排甫遭祝融吞噬殆盡的房舍，僅剩餘燼飄散空中，還有一點爐灶裡的炭火繼續閃著光。她還記得雪裡的腳印，是木屐突然停下造成的印子，然後是一片碎步，彷彿村民猶豫著要往哪兒走，要再往前呢，還是往回？接著還有倒退走的足跡，顯然是想避開危險，卻沒辦法轉身逃跑，沒有人膽敢背對冒著煙的殘垣、布滿黑色膿包的隔牆，和那些被燒得焦黑、嘴巴咧開、大眼眶裡頭的眼睛已經融化不見的屍體。美雪注意到倒退的腳印比起前行的腳印來得更深。

「您要我叫別的遊女來嗎？」美雪提議。

老男人搖搖頭。

「可是，大人，您並未獲得滿足。」

「事實上，」他說，「我確實不滿足，深深地不滿足，甚至是失望，就像我進入一間旅舍，想要吃一頓鰻魚飯，卻聽說這天沒有鰻魚飯。」

被貶低到自己一點都不喜歡的鰻魚飯等級，對美雪來說不啻是一種侮辱，但若與媽媽桑可能把她懸綁在雙月映泉旅舍的深處作為無法滿足重要客人的處罰相形之下，就不算什麼了。

男人背靠著船舷，感覺到自己的陰莖再度變得鬆弛。

美雪雙膝跪地爬向老男人，傾身用舌頭試著喚醒那萎靡不振的性器。但客人將她推開。

「沒用的。妳知道嗎，它是從妳散發出來的……」

他突兀地停下。

「是，大人？」美雪期待他能說出自己做得不夠好的地方，讓她有機會改進，使兩造都滿意，因為她為自己被縛綁在客棧內部暗處的可能感到噁心，再說若是因為自己而讓男人無法享受到他所渴求的歡快，她也不會開心。

他沒說話，於是美雪接著說：「什麼東西是從我散發出來的？是我身上的什麼東西冒犯了您嗎？讓您討厭？不潔、髒污、汙垢、汗漬、汙點、疤痕？我知道嗎？」

畢竟，這不無可能。沒有鏡子的美雪，從來沒能好好觀察自己的背部或是肩膀後方。唯一能看見倒影的地方就是魚池的水，以及勝郎轉述她的外貌。然而，除了雙瞖不對稱的小趣事，勝郎並未對自己妻子的外貌多說些什麼。事實上，並非由於她毫無吸引力而不值得一提，相反的，勝郎認為她非常美，正因如此，他腦中與口中都找不出任何詞彙來描述美雪這樣的美人。

「如果妳讓我討厭，妳覺得我還會選擇妳嗎？」老男人說。

「不過您怎麼會知道呢，大人？這些錦緞層層疊上之後在夕陽照耀下產生了微似春天李子的紫紅色，是我們的媽媽桑今晚執意要我打扮成這樣的。您又如何能看出藏在疊加的八件外裳之下的我是什麼樣子呢？在夕陽照耀下產生微似春天李子的紫紅色，」她咬著唇又重覆了一次，「現在我請問您！這個顏色如何？它在自然中並不存在，春天裡沒有，在任何時節的白天或夜晚都不會有，從來沒有。」

「不只是看的問題！」老男人惱怒地說。「妳並不只是拿來觀看的一件物品。妳可有聽說過一個老人，年紀比我還大，叫上田吉次郎？」

「我能從哪裡聽人說過吉次郎先生？」

「就在妳的世界，因為他最愛女人了。噢，這方面，他胃口可大著呢！每天晚上都要女人，而且每晚的女人還不能重複。他對女人如此貪得無厭，難道是為了觀賞女人的美貌？非也，非也，要知道上田吉次郎一出生就沒有眼睛，只有一層皮膚像是眼簾一樣蓋住他的眼眶。」

「可是，如果我身上並沒有讓您不喜歡的東西……」

「氣味。」他說。

美雪皺起距離她先前剃掉的真眉毛上方一節手指高、由人魚幫她畫上的假眉毛。

「氣……味？」

如果這老男人說的是臭味、香味，她還懂，不過氣味屬於美雪不認識的無數詞彙其中之一。

「氣味，」他皺著鼻孔重複說道，「妳散發的氣味。」

美雪猜出了他想說的意思，並立時感到渾身冰冷，像是突然之間整條淀川河水灌進船裡，又黑又冰的水淹沒了她，只剩下她的嘴還可以浮出水面說出幾個絕望的字眼。

「我聞起來很臭？」

「我有這麼說嗎？不是的，我只是覺得妳聞起來有某種味道。我不知道是什麼，是種我從來沒在任何一個遊女的脖子上聞到過的味道。而我並不怎麼喜歡，如此而已。」

「我能不能……」

「不行，」他說，「妳做什麼都沒用。」

他的聲音像是從遙遠的地方傳來，他的態度冷硬地像隻死去的蜥蜴般粗硬乾癟。他掀開蘆葦簾子，鑽了出去。當男人一呼吸到外頭空氣，美雪聽到他放鬆地吁了一口氣，她想像著男人如同杏仁般又直又細長的鼻孔舒張開來，大口吸著夜裡的冷空氣。

遊女們圍著美雪幫她重新穿戴梳化時，男人將媽媽桑帶到旁邊。

「大人，您生氣了嗎？」媽媽桑看著老男人額頭上那道皺起的紋路，擔心地問。

「妳從哪裡找來這妓女的？」

「老實說，她不是我找來的，是她自己來到雙月映泉客棧，問我能不能好心幫忙，接受她幫我工作並換取住宿的。正是這場到現在還沒停的暴風雨降臨的那個夜晚，您記得嗎？下了好大的雨。」

「那不就是昨天嗎？」

「是的，是昨天，沒錯。再怎麼說，我都不能拒她於門外。」

「妳好好盤問過她嗎？檢查過身子了？」

「並沒有。因為，您知道的，我當時正忙著處罰一名行為不檢的遊女，那佔去了我全部的心力。畢竟，這懲處的手段之前讓我失去過一些女孩子，我可不希望一不小心又再讓另一個死了。所以，我只看了眼這個不知從外面哪來的女子。當時天色很暗，我覺得她看起來並不太醜，您也這麼想的吧？」

「她看起來怎麼樣不重要！是她的氣味讓我覺得不對勁。她帶著一種香味，或者是臭味，我還沒法確定，總之是某種野性的東西，混合著森林、搗碎的草和潮濕的土，一股洞穴的怪味。」

「洞穴？」

「對，洞穴。我都要懷疑她可能是九尾狐了。」

就像大多數見多識廣的人，綠唇媽媽桑聽說過九尾狐，牠們能夠化成人形，特別喜歡變成年輕貌美的女人。

不過，想要變成年輕貌美的女人，必須是至少活了五十年以上的狐才有可能。若是活了上百年，那麼就必定能夠成功幻化人形，可是考慮到實際生活中獵人與被獵的狐狸數量之多，導致壽長百年之狐以及由狐幻化的女子實為罕見。但是，幾位天皇都認定她們的確存在，還將她們給請到宮中，這叫人如何懷疑她們實際上並不存在？

「你說那女孩來找妳的時候，天色很暗？」

「除了偶爾有閃電劃過天空，天色暗到讓人覺得就連日光也無法驅散。」媽媽桑邊說，邊在客人的碗裡斟了滿滿的美人酒。這一次，她自己也就著瓶口喝了一大口。她越來越難以忍受任何關於超自然的指涉，這會讓她想起儘管存在機率非常微小，但仍可能存在的彼方世界。在那裡，她於人間的任何行為都要受檢視。

「妳不認為一個在這樣不適宜散步的夜晚獨自遊蕩的年輕女子，很可能是隻九尾狐嗎？」

「不會是這個女人，」媽媽桑毫不猶豫地反駁，「不會是天草美雪。」

「天草美雪。」男人重複念道。「這是她的名字？」

「總之，這是她告訴我的名字。這讓您想到什麼嗎？」

老男人搖搖頭，天草美雪的名字沒讓他想到什麼，只不過，他有個模糊的印象，似乎在哪裡曾聽人說起過這個名字。可是在如平安京這樣川流不息的大城市裡，人們對各地冒出來的名字就跟對天上掠過的鳥群一樣不太留意。

男人從外套深處拿出幾只中間穿了孔的銅環，成串地套在燈心草線上。

「要多少？」他問。「要多少銅錢？還是妳比較喜歡絲綢刺繡的衣裳？」

「我不要絲綢也不要銅錢，大人。」媽媽桑說。「如果我還讓您付錢就太羞恥了！我在蘆葦簾子外頭就聽到您對這個遊女的不滿，我真是太不小心了，應該要好好盤查她一番，仔細嗅聞過這女人再推薦給您的。」

「妳根本沒推薦給我啊，媽媽桑。是我自己選了這女孩的。我本來有別的選擇，不是嗎？」

她嘆了長長的一口氣，綠唇之間還流出冒著小泡泡的口水。

「當然啊，大人。我原本還以為您會召喚赤染來服務您呢。」

「赤染？」

「赤染的臉頰又圓、又白……」

「……讓月亮也羨慕，」老男人補上媽媽沒說完的話，「是的，沒錯，和歌也是這樣唱的，人們對那些生病的或者太孩子氣的妓女也是這麼說的。不過我，我看上了另一位女子——妳說她叫什麼來著？」

「天草美雪。」

「來吧，」他急著伸出手把發著光的銅錢放到媽媽桑手心，邊說：「拿妳應得的。還有給天草美雪她該得的份。」

「她該得的份，」媽媽桑低聲說，「就是死。因為她冒犯了您，尊貴的您……」

他猛地退後，像是要閃躲搖曳在小屋窗櫺上的紙燈籠光暈。同樣猛然地，媽媽桑抓住他的一只袖子。

「不，不，別怕，儘管您的光顧頓使蓬蓽生輝，但我不會說出您名字的，只有我知道您的姓名、您的位階、您的官職、您的身分，我向您保證不會發生比那名遊女所犯下的過錯更糟糕的事情。而她必須死。我們會盡快處置她，不留下痕跡。」

她彎身傾向船的舷牆，垂著右手滑過河岸，拔起菖蒲的長長葉子。

「這些植物，人們拿來打結、編織，是非常堅固的，繩索末端綁個節，只差用它套上脖子然後拉緊而已。您可同意這樣的做法呢，大人？」

老男人喝光了他那碗口嚼酒，為了爭取時間甚於喝酒的樂趣。他想著這酒奇妙地變化多端又浮躁，就像是釀造這些酒的年輕女子一樣。

「不，」渡邊名草回答。

「不過，大人……」

「叫她拔下一片指甲給我，就像那些人人渴慕的遊女在向最大度慷慨的恩主表明情衷時會做的那樣。」

繼園池司司長之後又來了四名有錢客人，媽媽桑約莫在卯時中段送走了最後一位，她認為今夜收穫豐碩。

她將船搖向碼頭木樁，旁邊已經停了好幾艘滿載的黑船。當他們與一艘大船並排時，一股刺鼻的洋蔥味傳來（為了嚇退掠食者、孩童與動物，不讓他們接近滿船來自三輪山、要送至宮中醫官手中的蜂蜜，大船的船底和船身四周都奢侈地經過洋蔥的浸泡），媽媽桑召集了所有參與夜航工作的遊女，在她面前排成一列。所有人都收到了滿意的獎賞，大多是一塊四周抽絲成鬚的方巾。

只有美雪從媽媽桑那裡得到了銅錢。

「別高興得太早，妳雖然得到比其他人更多的酬勞，不過相對的，妳的恩客要妳一片指甲。中指的指甲最有價值，拔起來也最痛。」

「一片指甲？」美雪疑惑的同時，雙手直覺地藏到背後。

「獻上指甲是一種傳統，也是一種榮譽。」

「應該很痛吧。」美雪抗議地說。

「沒錯。正因為這樣才使得妳要給的禮物珍貴難得。指甲本身會因為血跡乾掉而變得又黑又髒，不怎麼美。隨著時間，它也會開始發臭。」

媽媽桑說老男人給予美雪的銅錢非常貴重，她在腦中很快地計算了一下，這些銅錢大概足夠美雪買五十條大小適中的鯉魚。

「不過我得到超過我能夠帶上路的數量的鯉魚有什麼用呢，媽媽桑？」

這是個好問題，但媽媽桑不在乎。她只在乎一件事：一旦美雪補足了鯉魚的數量，就不會再待在雙月映泉了，不然她身上令人不悅的氣味可能會嚇跑其他客人。雖然事實上只有渡邊對這氣味感到惱怒，媽媽桑自己根本沒聞到什麼惱人刺鼻的氣味。

而且園池司司長也確實從少年時期就擁有特別敏感的嗅覺；隨著年紀，他的鼻子長得更胖、有了更多粉刺，也變得更醜，不過他還是認為自己的嗅覺比平安京的其他人更為發達。

「我想要等白天再來拔妳的指甲，」綠唇老太太說。「一不小心就會弄壞了！我每次進行這小小儀式都必定萬分謹慎，第一件事就是留意自己在做什麼，免得弄壞了指甲。妳不知道離開了肉體支撐的女人指甲有多麼脆弱。回去客棧等著，試著睡一下吧。」

她完全不提在指甲被連根拔除前，血液蓄積在指甲下方將帶給美雪強烈的間歇性劇痛。這是人魚趁著遊女們走在碼頭通往房舍的小徑時告訴美雪的。

「妳千萬別讓她碰妳。她會假裝為了不損傷指甲，所以拔得非常、非常慢。而妳，在這過程會痛得不斷哀號。我啊，我知道一個可以不讓這死老太婆得逞的辦法。」

人魚彎身拾起一顆扁平的藍色石頭，輕巧地讓它在河面上彈了幾下。

「換妳。」她撿起另一顆石頭，邀美雪打水漂。

「我不會。」

「真的嗎？」人魚很驚訝。「我以為妳住河邊？」

「沒錯，我住草川河邊，可是草川的波濤太洶湧，沒辦法讓石頭在河面彈跳。再說，勝郎也不會喜歡太太浪費時間打水漂：我們都不停地在工作，妳懂的。」

人魚同意，畢竟她自己也沒有時間可以浪費。她停下來，主要不是為了展示自己打水漂的技術，而是為了讓其他遊女先走，確保這兩側長滿鳳尾草的小徑上，沒人回頭看。人魚拉著美雪的手臂。

「現在我們兩個人落單了，」她邊說邊將最後一顆鵝卵石打飛到河面上。「我跟妳說怎麼騙過那死老太婆。該給妳的酬金她給了嗎？」

「給了，雖然我沒滿足客人，她還是給了。」

「他會用別的辦法滿足，比如想像妳在被媽媽桑拔指甲時得忍受的痛苦。他知道，這種痛苦直逼入心。雖然他看不到，不過只靠想像就能讓他得到無上的快樂。男人都這樣，不是全部，不過很多人都是這樣。他們稱這種奇特的快感叫作「雨落鮮紅罌粟」。雨呢，就是妳的眼淚，妳受傷狂舞的指頭就是血紅的罌粟。不過這一次，不會有雨也不會有血紅的花朵。告訴我，現在妳有錢付給岡野光忠和他的幫手了，沒有任何事能阻撓妳帶著他們幫妳捕的鯉魚離開，對嗎？」

「如果他們捕得到鯉魚的話……」

「這妳大可放心，岡野光忠可是淀川一帶最厲害的。聽著，妳從他捕到的其中一條魚身上拔一片魚鱗，盡可能選一片又大又鼓的。我可以把它變成一片剛從手指上拔下來的漂亮指甲……剛說哪隻指頭來著？」

「媽媽桑說中指的，」美雪邊說邊伸出手，「中指是哪一隻？」

從來沒有人教過她手指的名字。在島江，拔指甲有什麼用？能夠一眼辨識出哪些昆蟲有害以及稻田裡哪些是雜草都還有用得多。

「我也得幫妳的手指上妝，」人魚補充說道，「我們需要一點血，當然不是妳的，別擔心。只要壓碎一些蟲，擠出藍綠色的汁液，再加上一小滴墨水染深，之後我們用這汁液把妳的指頭弄髒，就大功告成了。」

為求逼真，人魚用從鼬鼠洞穴中撿來的一撮毛摩擦美雪的手指。這些囓齒動物在巢穴中堆積捕獲的動物，沾染了屍體所散發的麝香，足夠讓美雪的中指染上拔除指甲後那股特殊的惡臭。

¶

在曙光尚未灑上淀川河面之前，美雪將自己應該被拔掉的指甲獻給老太婆，巧藉滴在雙頰上的芝麻油，貌似垂著淚、面露痛苦。接著，在努力憋笑的人魚攙扶之下，她腳步不穩地慢慢走開。

遊女們的鼾聲從雙月映泉輕輕傳出，人魚邊偷笑邊拉開收納著媽媽桑美麗衣物的櫥櫃抽屜，兩隻手臂抱了滿懷老媽媽桑再也不穿、大概已經忘了它們存在的衣服。她抓起一件絳紅色下擺的衣服，一件藍莓色的，再一件淡紫色的，第四件，她選了酒紅色的絲綢作為最貼身的衣著。即將關上抽屜的時候，人魚看見美雪的目光盯著一件落在抽屜深處，自然散開、未經摺疊，卻優雅地讓人誤以為是一名才剛過世的年輕女子溫熱身軀的白色長禮服。

「這件不行，」人魚輕聲說，「不能把這件從她身邊偷走，這是她要在自己的葬禮上穿的。她曾經提著衣領給我們看過，她輕輕抖了抖，讓它像真人般徐行微步，像是對待從記憶深處走出來的老情人。我們也想問出更多，不過她似乎記不起情人的名字了。她幫他取了另一個姓氏，所以叫什麼名字也不重要。反正，終歸都是要火化成灰進墓穴的，我猜這樣就夠了。」

為了方便攜帶人魚偷給她的衣裳，美雪把它們一件件疊穿在身上。

「宮裡的貴族仕女也是這樣穿的。」人魚表現認可地說。「貴族仕女甚至會穿到十五件，讓衣服顏色交疊、混和，直到產生出一種色調，只有這位仕女才能穿上的色調，然後……」

人魚突然停了下來。

「妳好美呀！」她驚呼。

人魚愛死了美雪。另一邊，在層層絲質衣衫下的美雪，則覺得熱死了。兩人擁抱了彼此，真切地相吻訣別。

離開島江時，美雪就決定不能超支住宿預算。她相信勝郎一定會津津有味地聽她述說旅途大小事，溫柔地笑她拖拖拉拉。「整整兩天才從紅谷走到繼櫻王子神社？妳騙我的吧？妳是遇到巫婆把妳變成一隻蝸牛，還是怎麼？我啊，同樣這一段路，天還沒亮就出發，路上還下著大雨，可是卯時上路，午時就到繼櫻王子神社了呢……」

美雪突然想到勝郎已經死了，而她再也不會聽到他的聲音了。頓時，她失去了時間感。她不再維持固定的小碎步或是大邁步，不再留意標示距離的界石，不再數算日夜往復的積累。再也不在意時間了，噢，一點都不在意！她唯一在意的只有鯉魚健不健康，舒不舒服，漂不漂亮。岡野光忠為她補捉到的鯉魚幾乎跟勝郎的魚一樣美，又更加活潑，畢竟牠們還未承受太久密閉魚簍的幽禁，也未經受遲滯死水的汙染。當羅城門，也就是皇城宏偉的南面大門，出現在她眼前時，她對自己這趟旅途已經花了多久的時間無絲毫覺思。然而，從覆蓋一身的污垢以及黏泥看來，想必是一段很長的旅程。

11

園池司司長從專給司長和高官走的建春門走出皇城。

儘管這是道只給達官貴人走的門，但還是有一群匠人、藝人、偶師和衣衫襤褸的商人從這走，完全沒想到自己的階級不許與有特權從這人字屋頂下方通過的官人擦身並行。再說，擔心什麼呢，處罰不過只是杖打兩三下肩膀，頂多讓他們曲身，而非真的要暴打他們。

摩擦碰撞、混亂吵雜、小民無禮，在渡邊名草眼中正是吞噬著帝國墮落的其中一種討人厭表現。中央的特權逐漸被大地主的利益侵蝕，其中尤以藤原家為首，手段高妙地將其女子、孫女、甥女嫁予宮中親王，成功地將王宮貴族之子的利益給淘進自己的口袋。應該被用來幫助帝國成長的資源被一個家族給奪走，就像脫下了外殼的螃蟹，雖然脫離了桎梏，卻發現自己並沒有生出替代的甲殼而變得異常柔軟，此時，其末日也就不遠了。

他想著這件事也真是神奇，幾個世紀以來，藤原家能靠著把那麼多的女孩，大多應該都很漂亮，獻給即將繼承王位的年輕皇子做為妻子，讓他們不必靠自己奪權，就持續統治著國家裡的大片領地。

可現在這源泉似乎乾涸了。在最為繁茂的花期過後，櫻花樹變得光禿禿：藤原一族再也沒有年輕女子可以嫁給下一位天皇了。

¶

幾日的暴風雨肆虐過後，天空恢復寧靜。渡邊行於朱雀大道上，朝著六條橋走去。

頭上繫著儀式用的烏帽子，面容上了妝粉，身上薰得香氣襲人。

垂柳樹下，一群孩子蹲在地上，將柳樹葉子貼在眼眉處假裝眉毛。那些葉子剛被狂風給掃到地上，從稍微褪色的綠到淡淡的金銅色都有，在太陽光的照射或背光之下，閃爍著成熟水果的金黃或者梅子般的紅。為了黏緊假眉毛，孩子們在細長的薄葉片上塗了口水，口水黏答答的，充滿了剛才享用的美食香味，這一天正好是節慶，連風中都飄著甜食和熱米飯的香氣。

渡邊下定決心有一天一定要把自己的眉毛畫成翡翠綠色。

這年紀還把眉毛畫成翡翠綠色？的確會讓他顯得有些可笑，但是無論如何都比老人只能逐漸黯淡且為人所遺忘的好。他看過太多地位顯赫的人，在尚未過世或退隱之前，面對宮廷的冷漠無情，就已經像陷入流沙漩渦一樣的絕望。某天夜裡，月光將紫色剪影映照在竹簾屏風上；翌日清晨之風拂過，剪影消失無蹤，任竹簾獨自沙沙作響，屏風則折疊收合，靠牆而立。這讓渡邊發誓要緊緊抓住，甚至盡可能製造各種機緣，去展現、喚起、認知自己的存在。他相信以皇宮過去流言蜚語散播的情形，大家至少會談論他難以理解又荒唐的翡翠綠眉一整個月。

騎在驢背上的渡邊在圓拱橋中央停了下來，他與草壁篤人在此相約，這位助手擁有女舞者般的優雅身段，讓園池司的眾多官員為之驚擾，至少渡邊這麼說服自己，自己並非唯一為他如同鯉魚向前嘟嘴的豐唇心動的人。

自從這年輕人成為他的助手之後，渡邊便試圖找出他的缺點，尤其是身體上的。並非是他心胸狹窄或者出於忌妒，只是他熱衷於在各種美麗之中，無論是清晨的舒雅或者是年輕男子的優雅中，揭露小小的不完美。常常只有他注意到這個不完美，像是一層低調、難以察覺的面紗，像是一陣稍縱即逝的薄霧籠罩著景物或籠罩著年輕人，正如珐瑯瓷碗上微微的缺角顯出釉彩的脆弱，使得容器內盛裝的飲料更顯珍貴。

如同草壁篤人並非隨便一個普通助手，六條大路上的六條橋亦非一道普通的橋。這座搭起細窄河道兩岸的橋樑，正是官方斬首行刑的場所。但兩百多年來，劊子手的刀已未再揚起，若有的話，也是以練刀為名，砍砍稻草而已。佛教的影響逐漸增強，使得死刑成了最難淨化的其中一項汙點。有些皇帝甚至還本著尊重生命的想法，禁止四月至九月間食用牛肉、馬肉、禽肉、狗肉或是猴子肉。但人們還是可以在山豬身上討價還價，村民可不會放過這個機會，只需改叫牠作山鯨，那麼野豬就不受皇室保護了。

為公義所棄絕，長滿了虎杖、牛鞭和鼠尾草的橋下，因不受狂風和雨雪的侵襲，而成了無家可歸者最愛的食堂和臥寢之處。

為了忘記草壁微微來遲引起的不快，園池司司長從剛漆成紅色的女兒牆上探頭，一手扶著差點要從抹了油的頭髮上滑落的烏帽子。他發現聚集在狹窄河岸兩旁的窮人沒來由地推擠著，卻只移動一點點。渡邊心想，真是一群蜉蝣，冒失的蚊蚋，同時掂量著自己是否可以從中獲取靈感，趁等待草壁時寫首短歌。他並不在意別人的不幸，從六條橋高處望下去，他人的痛苦和鴨川裡的鴨子嬉戲一樣帶給他歡愉。

石頭散布在河底，河水沖過，激起渡邊的靈感，作出了幾句憋腳的詩句。儘管受到河岸的侷限，河流依然自由地躍動，發出像是在說「很高興認識您，很高興認識您」的聲音。

幾天前，渡邊交代手下在園池司裡找個地方讓從島江來的寡婦住，因為得讓她在皇城裡待著，直到確定她帶來的魚能適應寺廟的水質。過去多數鯉魚在這個神聖的池塘新環境裡毫無困難地適應了，但曾有幾尾從流動的河水中被捉，遇到混濁靜滯的平安京寺廟池水時便擾動不安。牠們靠著池邊磨蹭，側面及腹部浮現紅腫損傷，看起來如同臘斑，接著開始脫皮，最後死去。勝郎帶來的鯉魚從來沒發生過這樣的情況，可是誰能預知他的亡妻帶來的魚會發生什麼事呢？如果她真到得了平安京的話。

這天早上，草壁終於宣布找到一個差強人意的地方，能夠給天草美雪住下來。

「在皇城的西邊，渡邊大人，就算是最貧窮的人，因為厭倦了河水氾濫成災，一有機會就會離此而去。今年因為冬初和秋末一樣多雨，洪水還會再來的。不過，大人，您覺得那位鯉魚漁夫的寡妻會對一點水與泥不快嗎？」

渡邊並未回答。上次他猜測女人的反應——一位替皇后著裝的宮女中富春月——可是錯得慘兮兮。那是發生在夜裡的事，申時最好保持清醒，因為蟲子會進入昏昏欲睡之人的身體，竊取他們最不可告人的祕密。而後，沒有人知道這些蟲子會如何利用這些祕密，但自己想要隱藏的念頭被挖走，就已經很令人不舒服了。

渡邊用一輛馬車和兩隻白牛，賭中富春月對皇后的忠心程度，若是她一睜開眼，發現蠕蟲、毛蟲、蚴蟲、蛆，甚至是蛇在主人的腳邊，歪歪扭扭地朝主人爬過去，中富春月必會毫不留情地踩死牠們。不過，渡邊錯了，中富睡得可熟了，甚至還微微地打呼。被她的睡意感染，皇后也跟著睡去。清晨時分，兩名與園池司司長對賭的使者來找他，向他索討裝飾華美、有著四扇窗與內窗簾的馬車，還有兩隻白牛。

「帶我看看你打算讓這漁婦住的地方。你說在西邊，是嗎？」

「是的，大人，靠近談天門，神聖的西寺域。」

廣大的寺院在九九〇年遇上祝融而毀了大半之前，曾矗立著西寺，是和東寺成對的官寺，如今只剩下一座五重塔。其餘的地方，只見空地上一小棟被燒毀的殘破建物，徒留給生長在廢墟中的植物、狐狸和偷兒。土地似乎也受過祝融肆虐，大火留下了焦黑的硬塊，像是火山熔岩流過的餘渣。

斷垣殘壁，屋頂崩塌，從前和尚的庫房和居所如今被青苔佔據，洪水間續地漫過此處，有利青苔生長擴散，散發一股混和了潮濕的灌木和未完全撲滅的火的味道。

草壁篤人注意到有一座古老的經藏，是座外觀不甚起眼的亭閣，用來儲存經書以及記載著寺廟歷史的書籍，幾乎絲毫未受火災侵害。裡頭當然已無經卷，但被火焰燻黑的木架都還在，有些燕子在此築巢。

這座屋子有許多好處，包括靠近西市場。那兒，總有東西可給這寡婦撿拾。只要她知道如何討好別人，管理經藏的和尚很可能會給她一點朝聖者留下供奉給佛祖的米。

「所以這女人此番逗留，包括食宿，幾乎不用花費到園池司的任何費用囉。」渡邊下結論。「太好了，謝謝。」

園池司司長非常開心此番讚揚副手是出於實據，而非甜言蜜語之故，這可以杜絕屏風之後與宮廷之中的所有閒言閒語。單單出於奉承的甜言蜜語總是一貫的浮誇，太過刻意，為讚美而讚美，讚賞之詞逐漸貶值，失去了高舉、弘揚與使人驚艷的功能，成了如同清晨落在屋頂上的雨水一般的背景音而已。

12

通過羅城門新漆成白色的牆和朱紅色的柱子之後，美雪踏上了朱雀大道。

雖然並不明顯，但是從她剛剛進入皇城的南門到天皇居住的城北之間的高低差，能夠讓她好好地鳥瞰整座皇城的配置。皇城看起來像是一個由規律的方格所組成的巨大棋盤，在布滿京城的白色和紅色，特別是各種紅色，從粉嫩的淺紅、大紅到深紅色之後，明黃色的夯土牆面強調著棋格邊緣，形成平安京最顯眼的第三種顏色。

瞬間震懾美雪的並非皇城的規模，而是建築的整齊劃一——島江人建造房屋的方式，都是出於任意發想或為了配合社交生活，使得屋子凌亂地排列，與京城的齊整並立完全相反。

美雪沿著這些切成直角的道路走著，心中暗忖，就算自己在平安京住上一段很長的時間，應該也不會遇上同一個人兩次。

屋簷尾端微翹的屋瓦這裡一點、那裡一點地妝點著京城，讓人感覺看不到底，這座皇城是美雪觀賞過最美麗的事物，唯一的例外當然是夜裡勝郎忙完鯉魚之後，赤裸地從鯉魚池中拔出身體，發出呻吟，開心地嘶吼，朝月亮噴出小水滴，像是向天空播種，接著，水和黏液在他的性器上閃著光芒，赤裸的他會擁著美雪，用力抱緊她，站立著愛她，讓她發出叫喊，這是美雪所記得最美麗的事物。在這之後的，就是中時綻放著光芒的平安京，舒展著，如同勝郎的裸體。

美雪小心護著扁擔不撞到人群，走到朱雀大道的中間，置身於牛車和兵馬留下的泥濘和糞屎的臭味之中。

多虧了勝郎訴說的遊歷，美雪知道該怎麼走到園池司、如何在皇城之中移動，知道皇城的面貌，該跨過幾層階梯才能見到渡邊司長，放下鋸著自己肩膀的魚簍子。

這位勝郎非常尊敬的高官（每當提到渡邊名草司長時，他總是垂著眼低聲訴說），在夜晚來到之前，會不會領她前往神聖的池塘，讓她把手放入池中，拂過，再舔舐，享用水的滋味——甜甜的，帶有淡淡的蒜味，而那股像芹菜、香菇味道的後勁，來自那些叢生在淤泥深處的植物；至少漁夫曾經是如此宣稱的，為了確保魚隻未來居住的水質能帶給牠們舒適的生活，他每次都會親自試嘗。

¶

美雪面前的朱雀大道讓她打了一陣哆嗦，因為大步越過她身邊的路人和牛車的側影變得模糊，接著變白，然後消失，像是突然之間降下一簾濃霧。

在這幕霧簾之後，只聽見嘶喊、匆忙的腳步聲，和壓裂物品的聲音。

美雪原以為是濃霧，但實際上是一陣煙，因為無風，散開的煙成了像山茱萸枝形狀的空中鞦韆。

舞樂的舞者六戶部剛義住的房子燒起來了。不幸的他急忙跑到屋外，臉上帶著可怕的鳥人伽樓羅面具，衣服著了火，像是一大片喧鬧的紅色羽毛。

即使在這般情形之下，他依然維持著舞樂大師一貫完美的優雅。他因痛苦而抽搐，帶著不自主的色相，讓人們以為他還在跳舞，著火的屋子發出的火光劈劈啪啪如同鼓聲、六弦和琴或口琴似地為他伴奏。

六戶部剛義的和服袖子冒著煙，像是起火燃燒的大樹在倒下之前於風中搖擺，散發著火花。

沒人來幫他，不過無論如何，別人也幫不上什麼忙，他的行動趨緩，膝蓋彎曲跪下，再也站不直。

垂頭喪氣，駝著身子。饜足的火焰安靜了下來，紅色的光圈蠶食著他額前著火的頭髮。他被煙熏得黑乎乎。

邊狂舞著，六戶部把吞食了自己的火舌蔓延到了周邊的屋子，這些屋舍開始起火燃燒。十六座建築物因此燒毀，那有多少生命啊！大多數的受害者是煙嗆窒息而死，有些人則是在火場中心被燒死。

大火的咆哮止息時，一群蟬發出震耳欲聾的喧囂。

美雪一手摀著口鼻，一邊行經煙霧簾幕。

她來到圍繞成長方型的牆外，後方就是天皇的居所和中央行政中心，園池司就在裡頭。唯一有侍衛管控的出入口，也就是待賢門，是首次來到皇城的訪客必經之門，因此美雪得在出入此門的人群之中等待許久。流氓、竊賊，特別是謠傳在日落之後皇城內大量增長的幽靈，都喜歡從戒備鬆懈的城門偷偷摸摸進入。

所有人都在談論美雪方才看到的火災。有些人預言翌日，或者說一夜過後，整座城將付之一炬，人們都在談論天皇可能依循風水師的建議在哪兒重建新都。

¶

大火和著火的舞師讓渡邊和他的助手草壁在五條大路和近衛御門大路中間停了下來。

被煙熏得不舒服，渡邊感覺自己快要失去意識了。他身體蜷縮著，倚著草壁堅實的胸膛，避免自己昏倒。若不是嗆咳地快不能呼吸，他應該會覺得有些愉悅。每次咳嗽都逼得他身體彎曲，脫離草壁懷抱的保護。

「您咳出血了，渡邊大人！」草壁看著他袖子上暗紅色的痕跡驚叫。「我們晚點再過去吧。不管怎樣，那島江的寡婦也還未抵達。雖然知道她上路了，不過所有監督旅人的官員都沒有傳來她通過檢查哨的消息。」

「真的？」渡邊問道，努力緩下咳嗽，邊把袖子藏在身後。「你問過善根宿的老闆娘了？應該是叫昭義貞子吧？」

儘管草壁知道渡邊擁有卓越的記憶，但每每得到新的證據總還是令他驚訝不已，像是看見一個走鋼索的人漫不經心地表演特技，維持觀眾認為不可能達到的平衡。

「大人，我緊急派了許多信使前往從島江到平安京中途的各家客棧，才知道善根宿被來自內海的海盜洗劫，接著又被守衛的武士放火燒了，已成廢墟。」

「我們是怎麼了？」渡邊低語。

「您想說什麼，大人？」

「沒什麼，」他說。「沒什麼特別的。只是，你不覺得這事的發展讓人看不懂嗎？草壁，你還年輕，比我年輕多了，你不了解這情況在以前是完全不可想像的。武士是有教養的戰士，受命保衛客棧，卻對它造成比之前攻擊客棧的海賊更大的傷害，這真是令人無法接受！」

「其他客棧的客人，」草壁像是沒感受到渡邊的慌亂不安，打斷他說道。「都沒見過那寡婦。」

扶著渡邊坐到角落，用他身上隨時攜帶的罌粟種子緩下他的咳嗽後，草壁去尋轎子，想讓渡邊接下來的路途能夠舒服一點，但卻找不到任何一輛：原來，平安京的百姓擔心火勢延燒，一發生火災時便都逃走了，雖然火勢現在已被控制。這座城太常發生以為早已熄滅的火災，在一陣風吹之下竟又轉成熊熊烈焰的情況。

¶

最後，渡邊和草壁找到一頂由八名赤足轎伕抬著的華麗竹編轎子。上轎後看見裡頭已經坐了兩名女子，她們急忙抬起衣袖遮臉，哀鳴著自己失了禮教，竟讓身分及意圖不明的陌生男子共乘相伴。

「請放心，」草壁安撫她們。費力將渡邊抬上轎子落座後，草壁已筋疲力盡，可不想再抬他下轎。「二位今日寬容之舉，日後定有好報，必定會的！我們的一言一行，阿彌陀佛都看在眼裡。在祂的法眼之下，就連我們最私密的想法都會被顯明、探究、抽絲剝繭、評斷。」

園池司官員對於有些女人傾向於不考慮自己行為的後果感到驚訝。巧筆輕輕掠過紙上，草壁寫過許多首短歌，譴責年輕女子的隨便態度，且深謀遠慮的他知道自己日後將對著他想勾引的女仕們朗誦自己所作的詩句，因此詩中放肆不羈的女主角從未以女性形象出現，而是被稱作蝴蝶。讓懂的人懂就好。事實上，多數年輕女子很快便會識破這層隱喻，而為了證明所思不假，她們會嘟起似蜂蝶喙管的雙唇在草壁的臉上遊走，好似蝴蝶採蜜。

「是我命令轎伕停下，向二位招手，邀請您們共乘的。」兩位女子中年紀較長的那位說道。「無論是火災、淹水、地震，遇到災害總讓我做出同樣的反應，就是忍不住要對身邊的人伸出援手。您可記得上次的地震？當時我在六角堂，路中央有一頂裝飾得極為豪華的轎子，轎伕在路邊靠著樹休息，其中三人打著瞌睡，五人揉著自己的腿。轎子是空的，我猜乘轎之人下了轎，已前往六角堂參拜。就在那時，地面晃動了起來。不一會兒，臨著六角堂的湖水暴漲，像是颱風天裡的汪洋。轎伕們害怕地逃走了，多麼輕率冒失啊，您說是不是？一但腳下的土地開始搖晃，不管去到哪兒都逃不出這地動天搖。我呢，總之我沒動，只是抱住了一棵大樹的樹幹，這棵樹非常牢靠，決不可能被連根拔起，我便在那等到地震平靜下來。我的決定是對的！幾秒鐘之後，我看見一位可人兒，是個約莫十歲或十一歲的小男孩，穿著一身極為高雅講究的華服，質地與印染皆上乘，是我從未見過的。我由此推測是皇室服飾，那麼這絕美的小男孩該就是新皇了。不過，他的穿著越是彰顯其身分高貴，相對就越是顯得他胸腔裡跳動的小心臟多麼可憐且發育不良。太子正撕心裂肺地喊叫著跑向轎子，那揪心尖叫是受傷的小孩和馬匹才會發出的。」

渡邊注意到那位年長女性說話的節奏是如此自然地配合著轎伕赤腳踩在地上的

節奏，想必她長久以來經常乘轎，才使得她對八名轎伕踩踏的步伐熟悉得如同自己的心跳。

「不可能是天皇，」草壁搶白道。「天皇的確年輕，但已不再是個小孩子了。」

他盯著年長女人看，她的臉上沒有太多皺紋，由枯葉色、梅紫色、孔雀藍、青銅綠、胭脂紅，五種不同顏色層層相疊的長袍更彰顯出她優雅而蒼白的面容。然而，雙鬢、顴頰與下巴的凹陷，卻又令她顯老。她方才說的地震與天皇，或許已是陳年往事了，草壁心想。

年長的女人想反駁，但草壁已轉向渡邊。

「大人，您認為呢？事關天皇，我不願回答有錯。」

但渡邊沒在聽。上了年紀以後，他對與自己沒有直接關係的話題越來越不關心。年輕時認為重要到願意用生命去捍衛的一些想法，現在似乎都失了顏色，不值一提，連略略挑眉也不願意了。

這位高貴的女子邀請他們上轎，讓他們能夠如同乘著羽毛般越過這座沸騰的城市，如若是她錯將受驚的小男孩當成天皇，又有什麼關係呢？得是未滿十七歲的草壁篤人才會對錯認一事感到不安。而渡邊不久將死，他感覺自己的生命如同燭光飄搖，燦爍而即將熄滅，但卻因此而特別珍貴，像是在深宮之內，一個僕人欲觀賞滿月而掀起簾幕，引入一股割人肌膚的冰寒氣流在屋室廊道之間穿梭、飄盪，直到撲滅了微弱的火光。

不過有誰真的在意呢？渡邊名草過世對於日本有什麼影響嗎？你以為呢？完全沒有！總地來說，這可做為將園池司編制完全取消的一個好理由。

渡邊名草只渴望一件事，就是他死去的那日能夠天氣晴朗。不同於許多驕傲的藩主一定要親信陪葬，他很樂意所有人能在他過世以後繼續活著。在最後一次散步之後（若他的腿不願意繼續帶著他走，他也無憾，只需在記憶中汲取某次愉快的漫步回憶就行了），他會離開這世間，就像是人們步出一座庭園、一座廟宇、一座經閣，並不擾亂日常生活的寧靜與步調，也幾乎不會讓任何人覺察到自己的離去；就像一隻蟲子從一根草上掉落一樣小聲。現在轎子剛好經過西市，他希望西市裡繼續像現在這樣喧響著商人用力拍打鈴鼓的聲音，通知人客火災已如同麻雀四散般退去。

於是他祈禱自己過世那日陽光普照，鳥兒在昏暗潮濕的矮樹林間玩耍。鳥兒當然不會玩耍，牠們才沒有時間呢，牠們得忙著存活。不過渡邊心想，自己臨死時應該還有足夠的想像力，能夠描繪出一群青鳥穿越竹林追逐嬉戲、引吭唱出極度哀傷的慢歌的景象，最後一任園池司司長臨終時能有此番歌聲隨伴，甚幸。

八名轎夫慢了下來。

「我想你們到了。」年長的婦人指著西寺區顯眼的五重塔說。

掀開一側簾子，她用扇子敲了幾下其中一位轎夫的肩膀。那人蹲了下去，其他七人也照做，轎子就停在地面上了。

司長與其副手進入經藏，驚擾了一大群烏鴉，牠們邊逃入樟樹林，邊發出可怕的叫聲。

藏經閣的牆面原本用許多屏風裝飾，屏風上畫著平緩的小山，山上種著圓圓的樹；在多次慘遭祝融毒手，更甚者，慘遭為了撲滅火焰而潑上的水的毒手後，它們已被移到牆邊，收到經閣最幽暗的深處。由於某種與顏料的化學和作品本身隱蔽的生命有關的現象，它們的顏色暗沉褪去，最終完全被一種發霉般的棕褐色遮蔽。

亭閣其餘之處也沒好到哪裡去，搖搖欲墜的屋頂漏著雨，燈心草做成的簾子布滿一塊一塊黴斑。

在這些瓦礫堆中，美雪站著。直直的，靜止不動。

她筆直的身子和肩上水平的扁擔，讓她看起來像被十字架釘住的人。或是一棵冬天裡的樹，一株在蒼白的陽光下伸長著枝枒的乾癟之樹。或是一隻夜裡獵魚歸來的海鳥，正在甩乾自己依舊潮濕的雙翼。

美雪率先深深鞠躬，而後維持同一姿勢許久。

看見渡邊進來，她馬上認出他就是那位淀川的客人，那個注意到她身上有著不尋常氣味的老人，他當時並未真的責怪她，只是單純敘述，說出他的發現。他還給了美雪比其他遊女更多的酬勞，甚至對她感興趣，要求了美雪拔下一片手指甲獻給他。

當美雪鞠躬到肩膀上的重擔所允許的最深限度、鼻子貼近肚腹時，似乎聞到一股特殊的氣味從她的身子下方升起。是股溫熱、香甜、帶著淡淡酸味的氣息，讓人聯想到柿子果肉的澀味。

在她直起身子前，原本柿子樹果實的氣味上又增添了別種味道。美雪想辨識這些味道，想起她曾在哪裡、在什麼情況下聞到過這些深深烙印在她記憶裡的氣味，就像是芒刺的孢子，但香氣彼此快速交疊。

她試著回想勝郎剛從平安京返家的味道。雖然這份記憶在腦海中徘徊不去，但就像所有關於丈夫的事物一樣，都變得模糊而單薄，讓美雪難以描述。

事實上，返家的勝郎聞起來有混和著潮濕苔癬、清酒、吸滿汗味與尿味的衣服、松脂、稻稈、黃豆的味道，還有別種難以言名，只能稱之為極端、庸俗、粗獷的味道。

幾天之後，這股味道消失，勝郎身上又會變得好聞，是河流、溫熱稻米、鮮花、森林、繩索、泥土的味道。

「妳是誰？」草壁問。

「大草美雪，來自島江村。勝郎，漁夫勝郎，伊勢國身段最靈巧的鯉魚漁夫是我的丈夫。現在由我代替他，不是捕鯉魚，而是挑選他死前捕到的鯉魚、撫慰牠們、把牠們裝到魚簍裡，」她一邊說，一邊左左右右地鞠躬，「走了很長的時間，穿越過森林、高山、冰冷的雨，一直走到平安京來把鯉魚交付給園池司司長。他叫渡邊，渡邊先生。」

「渡邊大人。」草壁糾正她。

「渡邊大人。」美雪跟著說，同時深深鞠躬。「我去了園池司，不過他不在。我被告知先到這裡住下來等著，渡邊大人會來找我們，我和我的鯉魚。」

在後方不遠的渡邊沒有認出她就是在淀川小舟上為他服務的那名妓女。那晚，受到她發出的各種臭味所擾，他並未細瞧她的五官。再說，這些遊女都用白粉畫成一樣的臉，一樣黑絲絨般深不見底的眼神，一樣直挺的鼻子、扁鼻孔，尤其她們的嘴唇總是太寬、太乾、太暖，而渡邊喜歡粉紅、濕潤、清新的。

「我可以為您找來一個嘴唇濕潤的遊女，」雙月映泉的媽媽桑這麼說。「這種嘴唇在女侍裡是很尋常的，渡邊大人。不過懇請您明白這些濕潤的嘴唇都是口水過多造成的。我怕您會不喜歡。」

渡邊沒說什麼，裝作盯著夜裡飛得跌跌撞撞的一隻蛾，手舉起，準備壓死牠。

他覺得不解，為何有些商人總是不了解他們的顧客。

「妳是天草美雪，對嗎？我呢，」不等對方回答，畢竟答案顯而易見（還有哪個普通女人會在這個房間裡肩挑重擔又站地如此筆直呢？），「我是渡邊名草，正六位上官員，是現在已被併入內膳司裡的園池司的司長。」

「內膳司？」美雪猛地向後退了一步，魚簍顛了一下，濺出了一點水，像是大雨般劈劈啪啪落在地板上。「噢，我走了這麼遠的路可不是為了給天皇的餐桌上菜！為了捕這些魚，害我親愛的丈夫勝郎賠上性命，牠們是要獻給寺廟池塘的，是要獻給神的，不是拿來煮、割、放到天皇餐桌上的。」

和宮廷裡的女士不同，美雪不在額頭上畫假眉毛，她的眉毛就在它們原本天生的位置，又黑又亮的真眉毛。她惱怒皺眉的方式讓渡邊忍不住伸手掩笑。

「儘管我毋須向妳解釋，」他說，「但我提到內膳司只因為那跟我主管的園池司有關。為了說明兩司之間的位階關係。當然了，這妳是不會懂的——位階這個詞妳明白是什麼意思嗎？」

「不太明白，大人。」美雪承認。

回憶起從前與勝郎在一起的快樂時光，她從來不需要知道位階的意思。

雖然她知道這樣可能顯得態度不遜，但她仍雙眼直視渡邊。毫無疑問，他就是那個指控自己散發惱人氣味的老男人。不過他似乎記不得了，又或者是，他對無法和她做愛的失望記得太清楚，而他是個有權勢的男人，相較於她這個什麼都不是的農婦、一顆隨風飄的芥菜子，他無論如何都想對她展現自己的寬宏大量。

渡邊將美雪從頭到腳仔細打量一遍後，她往後退了幾步，他就往前走幾步。

就在他第二次靠近美雪時，他聞到了她身上的味道。那不是一種單獨的味道，而是一長串連續的香味，像是一條緞帶飄揚著並纏繞打結。他想起夜裡在淀川滑行的小舟，以及他放棄佔有的女人身體。他看著美雪的嘴和雙唇，沒有意識到自己的左手腕滑進了梅色的袍袖裡。

「園池司決定讓妳住這裡？」

「您應該比我清楚才是……」

「就是這裡，沒錯。」草壁突然插話。「這間屋子的確不太舒適，我承認，不過這是因為鴨川鬧淹水造成經藏受潮而荒廢的。門都腐爛了，沒有換新，如您所見，大人，附近森林裡的動物把這裡都當成自己家了。不過樓上有另外一間房間，一樣大，一樣舒適，牠們不會上樓。」

渡邊並未聽進去。他的視線從草壁的嘴滑到美雪的嘴，以前渴望的，最近渴望的，兩者都欲求不滿，也都只能在想像中親近。不過幻想著無法觸及的對象並非令人不開心的事，有意識的刻意幻想可好過昏沉睡夢中那些沒頭沒尾的念頭。

「那上面，」草壁指著天花板繼續說，「牆面是完好的，當然，溪水漲潮從未升至此處！只有一些燕子偶爾會飛到那裡，牠們非常喜歡把巢築在僧人儲放紙張的架子上，不過我會讓人清理天花板和燕巢。如果您想看看的話……」

「先讓她給我們看魚吧。」渡邊的聲音變得有點嘶啞。

美雪作出手勢請他們靠近。

渡邊跨出一步，兩步，然後就停下來了。

「真奇怪。」

「什麼東西奇怪呢，大人？」

「我不太知道。」渡邊咕噥著。

某種看不見的東西包覆住了美雪，完全貼合她身體輪廓的凸起與凹陷，就像是她的第二層肌膚，只是看不見、聽不見、觸不著。這光暈，是美雪空氣般的複製，此微妙之身替代了實體之身，只有嗅覺如園池司司長如此靈敏之人才聞得到。

渡邊此時記起了他是在何種情況下遇過這位年輕女人所散發出來的味道。

他搖了搖頭，像是要甩掉一張纏住他的蜘蛛網。

「你有聞到嗎？」他小小聲問草壁。

草壁看看四周。牆上有著潮濕造成的痕跡，幾片硝石板，許多羽毛，和四處散布的碎骨頭，還有一隻狐狸的屍體腐爛在僧人收藏經書的莊嚴八角書庫旁。顯然這些都不會散發討人喜歡的香氣。

不過，從美雪身上升起的氣味可討人喜歡？

「大人，我有沒有聞到什麼？」

「蛋。我覺得。」

「蛋黃還是蛋白？」

草壁問得像是渡邊的答案將會改變世界的樣貌。而渡邊開始思索，也像是他將說的話非常重要。

「你在碗邊敲蛋，蛋殼裂開，然後你分開蛋黃和蛋白，這時候你通常不會聞到蛋黃或蛋白的味道，不過其實你可以，特別是蛋白。」

「您覺得這味道讓你想起了什麼呢，大人？」

這個問題對很多人來說應該都不怎麼重要，可是草壁篤人從不放過任何學習的機會。身分卑微的商賈之子，早年幸運地與一位伯父學習了寫字和算數：這位伯父投身神職，隱居於山中寺院，掌管著包羅萬象的深奧書籍。草壁整個年少時期幾乎都在這高山中的寺院裡度過，趁著暴風雪將自己隔絕於世之際，大量閱讀通常僅用於教育武士的珍貴書籍。

「這個味道，」渡邊回答，「讓我想到洗太多次的米，加熱過度，煮得太久，還有被昏頭的女僕給遺留在雨中的絲綢布塊，都給淋壞了。最糟的是，這讓我覺得噁心，想起被褻瀆的美，還有鳥的死亡。不過這些也都差不多是同一回事，不是嗎？」

「噗！鳥的死亡，這不算什麼。」草壁很喜歡打獵，也花了很多錢飼養鷹隼，可惜籠中鷹隼吃得不好又缺乏照顧，一一死去。

「你相信嗎，篤人？我，我認為沒有比翅膀變冷變硬的鳥更令人幻滅的了。」

美雪聽著，但什麼都不明白。

這兩位大人（美雪從華服猜測他們的官階）怎麼能夠從對築巢於經藏的燕子和森林裡小動物的觀察，聊到讓濕布發臭的蛋白、死掉的鳥，還有死亡？

她與勝郎的閒談，或是穿插著愛撫、摩擦、舔舐的深夜長聊，從不會延伸到像司長和他副手這麼無厘頭的話題。這兩人，美雪邊看著他們邊想，他們的對話還真神奇。更別提他們剛才談到鳥的死亡時，完全忽視了她。她甚至可以悄悄離開房間，也完全不會引起注意。

美雪輕咳，兩只木屐相靠輕擦，但不敢像不耐煩的馬兒那樣跺敲地面。沒什麼用，那兩個男人依然背對著她，繼續不停地說話。

挑著魚簍的竹扁擔壓著美雪上背和肩膀的肉，在她身上留下一道橫過兩邊肩膀的藍黑色長印子。扁擔一搖晃就會引起美雪身體的疼痛，而且她無法用按摩舒緩疼痛部位：如果要這麼做，她還得先卸下擔子，找個安全的地方置放魚簍並且確保它們平衡穩妥。

不過，經藏的地板雖然需要一番好好擦洗（這方面跟她來平安京路上的其它寄宿地方一樣），它看起來起碼甚為穩固。忍住欲溢出雙唇的呻吟，美雪小心翼翼地順著脊椎卸下沉重的竹扁擔，直到覺得雙肩變輕，代表魚簍已經觸及地面了。

「天皇免除了某些稅金，」渡邊此時對草壁說，「不過每年都讓飛驒國派遣一些知名的巧藝木匠過來。」（美雪心想，這兩人又改變話題了！）「他們受派到修繕司一年了，完全有資格可以修復這可憐的經藏。可惜，他們忙著重新修建皇城裡近期被火化成灰燼的建築。不過我不認為妳想長期住在平安京吧？」他終於轉而面對美雪了。

「我會待滿需要的時間。」她回答。「在確保勝郎捉的鯉魚完全適應御池之前，我是不會離開的。說到這個，我想看看御池長得像什麼樣子。」

渡邊司長溢出一絲奇特的笑聲，好像嘴裡含著許多小石子，全數一口吞下，讓人聽見石子滾落喉嚨時發出彼此擦撞的扣摟聲。此時草壁驚訝地看著美雪。

「妳想要它們長什麼樣子？池塘就是池塘。」

「不過它們是神聖的御池呀。」

「至少在我們人類的眼中，是看不出差別的。」渡邊說。「來吧，讓我們看看這些魚。」他傾身朝向第一個魚簍。

渡邊為了看得清楚而彎身，彷彿在面對某個高貴的人物恭敬地鞠躬。當然，這不過是個錯覺，可是美雪告訴自己，她的鯉魚不會知道這姿勢是出於深深的敬意，還是一個老人因為近視而不得不盡可能地靠近。她悄悄地用木屐一端輕敲了一下魚簍邊壁，稍微驚動鯉魚，喚醒牠們。鯉魚也好似明白人們對自己的期待，抖了抖身子，搖了搖尾鰭，嘟起嘴唇到水面上呼吸。

「牠們看起來不錯。」渡邊很是欣賞。

「牠們非常出色。」美雪糾正他。

渡邊抿起雙唇好像要笑的樣子。

「妳吹噓自己的商品是正常的，」他說，「不過『非常出色』似乎有點誇張了。牠們看起來的確都撐過了漫長旅途的禁閉考驗，耐受力比妳還好。」他瞇起眼睛看著美雪說。

「我得為牠們向您負責，大人。除了吃之外，牠們還需要擔心什麼呢？在魚簍裡，牠們看不見烏雲黑壓壓，逐漸鼓脹、聚攏相連。牠們不會知道我腳下的路濕滑危險。我不只一次沒辦法保持竹竿的平衡，抓著樹枝，差點跌進泥裡。如果我跌倒了，魚簍翻覆，水倒光了，讓魚都沒水了，會發生什麼事？」

「牠們會死。」草壁冷冷地說。

「那我呢？」美雪低聲說。

淚水模糊了她的視線，緩緩滑落，氾濫成災。面對這情況，大家束手無策，美雪的淚蔓延全身，她的皮膚也在掉淚，肚子也在掉淚，腰線凹陷處、掌心凹陷處，都在掉淚。

隨著她的呼吸頻率抽動，薄薄一道鼻涕堵住了其中一個鼻孔，就像蝸牛的一層黏液封住了殼的入口。

13

美雪身子突然傾斜，渡邊只有足夠時間伸出手來吸收她的摔落。

不久，下起了秋夜裡看不見的一陣雨。雖然看不見任何一滴雨從天空落下，也聽不到打在紙門或紙窗上的淅瀝嘩啦，卻感覺沉重而濕冷，且整座城市並未因雨而變得比較不黏膩，依舊潮溼、油亮。光滑的雨滴沿著溝渠滑下。

在朱雀大路的屋子裡，渡邊安適地觀察僕役忙著準備他要求的冷洗澡水。儘管泡進冷水會比平時嚴厲得多，因為他推卻了他泡澡前固定享用的溫清酒；不過今晚渡邊卻等不及要浸入冰水，讓冰寒嚙咬來潔淨己身。

當他彎身觀察簍中游泳的鯉魚時，大概是太靠近美雪了，差點就要碰到她，而感覺到了從她肌膚湧出的熱氣，還有從她衣服散發出的死亡的甜味、汗與尿的酸鹹味。由此，他立刻歸結出這女子並非遵守禁忌之人。

渡邊立刻拉開與她的距離，但年歲已長的他，「立刻」的速度已有別於從前。欲保持與她的適當距離，首先他必須直起身子，這動作便讓他疼痛不已，因此只能緩緩地進行，這使他暴露在美雪沿途所沾染的汙穢上的時間，已經足夠使它們掠過、弄髒和感染他。

唯有讓全身接受流經愛宕山上雪松林的瀑布冰水擊打，方能祛除這些穢氣（如果渡邊能夠爬那麼高的話）。不過，今夜這悲慘的冷水澡應該足以表示自己臣服於神的心意了。

身為高官，平日原不需閉居在家，可前往主理部司管事。但他所沾染上的不潔使他不能參加葬禮，儘管為葬禮提供香柏木屬他的職責所在；他也不能探視病人，雖然他的　位姪子高峯不知為何發燒了；再尤其，穢氣將褫奪其擔任仲裁之權職，他擔心必須推卻宮廷熱衷參與的薰物合（譯注：平安時代的宮廷遊戲，參賽者各自調製薰香，由裁判進行評比）評審主席職位。但，他又該如何向親自授予了他此職務的天皇解釋他的推辭呢？

當冰水穿透裹著肢體的純白布巾，包住了他冰冷的生殖器時，因為冷到極致而感到的灼熱，讓他難受到忍不住叫出聲。

「還好嗎，大人？」僕役擔心地問。

「所有事情都沒法再更糟了。」渡邊露出與所說的話相反的平靜微笑。

他其實並不想微笑，原本是想拉下臉表達他的消沉，不過到了這把年紀，臉上一些肌肉已經無力，難看的臉都變得像個微笑。

他想要忘記美雪，就像能夠在冷顫哆嗦之間忽略冰水正使自己的身體變成某種顫抖著的蒼白果凍。不過，雖然美雪不是什麼重要人物，卻不怎麼容易忘記。待他潔淨完自己後，園池司司長必須試著將她抽離皇城，特別是那些用來進行香味競賽的房間，因為這個女人身上不只帶著穢氣，還散發著不妥的氣味（關於這點，敏銳細膩又優雅的草壁，怎麼不會覺得不舒服呢？），混在瓊脂、丁香、麝香、白檀香、乳香松脂的高雅香粉中，只會褻瀆了薰物合。

正當渡邊在淨身的冷水澡裡著了涼打著噴嚏時，美雪平躺在一塊從經藏樓裡找到的薄墊子上。

她把魚簍放在月光下，因為勝郎說過鯉魚喜歡月光。她的魚已經很久沒有沐浴在月娘的藍色塵光之下了，因此，光才輕灑上身，鯉魚就不顧囚籠的狹窄，開始興高采烈地竄游。牠們彼此身體交疊，相互深吻，好似勝郎貪婪地吮吻著美雪。

雖然不是很開心，不過至少美雪為完成了任務感到滿足。她覺得驕傲嗎？並不，她一心只想重新回到島江村裡當個舀起混著牛糞與尿肥的農婦，驕傲對她而言是種陌生的情緒。不過她或許會想知道勝郎，如果他真的活在什麼地方的話，在他身處之處，會不會為她高興？她肯定地自答：會的，他一定很高興的。

在廣闊的生命之池裡，勝郎已經為美雪開闢了一方小小的王國。在他們剛結婚時，這方國土不過只有勝郎雙臂張開的懷抱這麼大，接著逐漸擴大成了他們在島江的家，然後延伸到草川岸邊螢火蟲紛飛的樹林，現在則到達了天皇所住的平安京城內。如果勝郎沒死的話，誰知道美雪的王國還會延伸到何處……

帶著與勝郎的回憶入睡，美雪做了個夢：把鯉魚放入御池之後，她也跟在牠們後面跳了進去。水面上還看得見最後一隻入河的鯉魚，卻看不見美雪了，只見同心圓漣漪中間露出了她的腳趾頭，顯示出她從何處跳入河中。

水池並不深，不過懸浮的有機物質濃到讓人看不清美雪在哪兒，聚集在池邊圍觀鯉魚入池的群眾沒人能夠伸手抓住她。

美雪下沉，彷若一片枯葉搖擺，沒入墨一般黑的水中——一種由煙熏製成的墨水，加上鹿角的明膠，使它們看起來像玻璃一樣透明、清漆一般閃亮。

一邊沉向池底，美雪一邊思索把自己淹死的最佳方式。是要什麼都不做，讓重量帶著水淹過自己、如流動的太陽浸沒自己的身體與心靈，還是應該更主動地溺死自己，鬆開雙唇與下頷，張嘴縮舌讓水灌進來，吞嚥下去，屏息再吞嚥再吞嚥，一直到能隨勝郎而去？

忽然之間，她感覺到臉上一股冰涼的拂動，丈夫像個泡泡似地滑到她的身邊，他的衣服因為充滿空氣而變得圓鼓鼓的。

他看著美雪，看她努力想快速地淹死自己。畢竟如果她不是想溺斃的話，何須把自己給埋到水面之下呢？

最後美雪觸及池塘底部，她在柔滑的泥床上躺下。勝郎則靠到她身上。他掀開衣服，讓陰莖舒展。這讓空氣也跑出來了，如果空氣持續在他的衣服裡，勝郎會被帶回到水面上，讓他無法插入她的身體。

勝郎的龜頭變形成鯉魚的口器，上面的四條鬚晃動著，上唇鬚小而厚，讓美雪的陰蒂微微發癢，接合處的魚鬚較大條，輕撫著她的陰道壁。

美雪在深夜夢迴中高潮了好幾次，身體弓起如圓拱橋，弧度像是她為了渡過草川而借騎的驢子背部一般。而其實，她的確是座橋，因為夢中每一記經由鯉魚口器得來的強烈快感都流通過她，從腹部舞至頭頂，跑跳過她的身體。

清晨時，隨著太陽逐漸升起，美雪到達最後一次高潮。她躺的薄墊上流淌著愛液，她高潮的叫喊聲混雜在西市攤販的叫賣聲之中；這天正是開市的日子。

草壁於巳時來找美雪，準備帶她前往城西的御池。

在最後一刻，渡邊才表示他無法與他們同行，因為天皇喚他前往御所，面臨抉擇困難的天皇想聽聽他的建議。不過，他得到殿上允許讓助手與進獻錦鯉的漁婦搭乘牛車，牛車的兩個大車輪漆成黑色，還有八名隨從護送；這些年輕隨從的短上衣以及車外披掛的藤原家紫藤花紋徽，表明了要百姓讓道。

「妳的鯉魚呢？」草壁很驚訝美雪肩上竟沒挑著扁擔。「不帶上牠們嗎？」

「如果直接把牠們丟到陌生的水池裡，牠們會死的。我要先在池塘一角準備一個地方，讓牠們有足夠的時間習水，不會受到其他魚、鳥、貓的騷擾。」

「習水？」草壁挑眉。「什麼意思？習水？」

「我不知道，大人。這是勝郎的話，他用的字。」她接著說，「總之，在那之前不能把牠們放進水池。」

「在什麼之前？」

「在天皇欣賞牠們之前。」

「天皇才不會管妳的魚。」

「是天皇大人下令要我們島江人奉上鯉魚的，全村人當時都聚到一塊聆聽信使傳遞的宣旨。」

「他們可有說是來自天皇的旨意？」

美雪肯定地回答：「當然有，不然夏目村長哪會請他們吃大餐。他們吃下的東西可是村裡窮人從來沒吃過的呢。」

「是渡邊司長大人派遣這些信使的。」草壁說。「而大人並沒有知會天皇，畢竟送幾條魚並不是什麼國家大事！」

「可是，如果我們在路上就死掉了，我和我的魚……」

「誰會知道呢？就算有人通知我們好了，你覺得我們會把一個陌生女子的死訊呈報天皇嗎？女人，妳想想，每天會有多少東西在天皇不知道的情況下死去呢？」

「我沒辦法想那麼遠。」美雪卑下地說。

「我也這麼覺得。」草壁諷刺地說。「總之，天皇忙著舉辦薰物合，也就是香味的競賽。今年是天皇首次親自參與，因此所有厲害人物，或者說自認為厲害的，都報名參賽了。平安京的居民都已經準備好揮擲千金來換取幾顆香料種子，或瓊脂、檀香刨花的切片了。」

「他們怎麼會這麼傻？」美雪深感訝異。

話剛落下，一巴掌就過來，硬生生地讓她嘴唇流血了。

「誰准妳評論這些大人的？妳可不配。」

「我只是想說，如果天皇親自參與比賽，誰還敢投票給其他人呢？」

「噢，我想天皇應該不會參與調香，而是主持評選。但他的見解必定會主導裁決，畢竟天皇怎麼可能出錯呢？」

從一條靠近西市的蜿蜒小路出來，沉重的牛車準備駛入朱雀大道。年輕的隨從傾盡全力吆喝行人靠邊走。牛車的黑色大車輪輾過熟透的水果、成堆的糞便、凝固的泥巴、飄香的落葉、魚貝類的內臟，像是許多不必點火的香爐，散發出強烈的混和氣味。

「即便他只有十五歲？」美雪邊徒勞的舔著她脫皮的嘴唇邊問。

草壁輕蔑地瞥了美雪一眼。

「妳想說什麼？難道妳不曉得任何生命的十五歲，比如說妳的，都無法與天皇的十五歲相提並論嗎？」

美雪沒有回答。事實上，她從來沒有活過十五歲，她只活了兩年：第一年非常的漫長無用，一直到她結了婚，開啟了第二年的絢爛生命，卻太過短暫，在村人送回勝郎冰冷泥濘的屍身後就結束了。我們可以把新的一年，也就是第三年，視為自勝郎死後開始。不過並非如此，這個假設並不真正存在，就化為煙縷、化為塵土，消失在時光輪轉之際，如同難以捉摸的夢境般，越試圖捉住，便越是立時消散。

「獲勝者能得到什麼獎賞呢？」

草壁靠往剛剛擺在車內右方的絲質軟墊枕，想了一會兒。

「首先呢，他能夠獲得天皇親口稱讚的殊榮。」

「那接下來呢？」美雪追問。

再一次，手上戴著沉重戒指的草壁又打了她的嘴。

「無禮！難道天皇的歡心還無法讓妳滿足嗎？」

「當然滿足。只是說到歡心，我想趕快提醒您，渡邊大人和您的歡心還不足以支付我的鯉魚。我的村子和您的園池司有簽約的——你們會遵守這約定嗎？」

「這得看渡邊大人，不是我。」

一陣沉默之後，美雪接著說：「只有達官貴人才能參加薰物合嗎？」

「似乎是如此。」草壁冷冷地說。「不過不必遺憾，就算妳是公主，妳也沒機會贏的。因為渡邊大人第一次接近妳的時候並沒有說錯，妳身上散發臭味，會擾亂珍貴的薰香。」

他馬上掀起車簾通風，表示車內充滿一股令人無法忍受的臭味。

美雪靜靜接受羞辱的言詞和動作，她知道自己髒，但這只不過是外表的皮囊，並不影響她的真實自我。

在島江，有時霧氣低垂拂過草木會讓美雪看不見地面，因而絆到石頭跌倒，身上揹著打算要撒在田裡的整桶糞尿稀泥，也就全都翻倒在她身上。即使如此倒霉，糞尿都飛濺到她臉上了，她仍然沒有為此大驚小怪。當然，她身上帶著一股濃烈的臭味，就連鳥兒都遠遠地躲著她，朝著高空直飛。她自嘲，就連鳥都討厭我呀！她只能卑微地道歉自己浪費掉了這麼營養的肥料，然後爬上島江的山丘直到連綿的火山谷間，她才在水泉邊洗衣服，用另一池泉水淨身，再用第三池泉水洗臉，最後泡進第四潭、也是溫度最高的池水中。

「草壁大人，您自己參加過這樣的比賽嗎？」

「有，但沒贏。我是最後幾名，可能我太求好心切了。」

「您調的香，味道太濃嗎？」

「問題不在於聞到的味道，而在於靈感。有次前往琵琶湖，我們有幸聆聽天皇吟誦了幾首為此情此景精心創作的詩，其中一首提到了藍蜻蜓在湖面上進行愛之遊行。我想描述這畫面向天皇致敬，我使用了沉香木做為基底，佛陀說這是涅槃的味道，然後加入有薄荷香氣的廣藿香根，以及茴香，最後用清新的青綠喚起湖水的記憶，還有一點兒雪蓮蒸餾萃取，我想創造一種感覺，像是起飛，像是變易，和灰塵。」

「灰塵？」

「我一直都覺得蜻蜓是種布滿灰塵的昆蟲。這當然是非常個人的意見。不過，可有比薰物合更為主觀的事嗎？」

14

混和著冰珠的冷風一陣一陣地吹著南閣。

在進行薰物合房間的中央，一條天皇，第七十八位日本皇帝，蹲在一張漆成紅色的高高的木椅子上。對一位特別活潑好動的青少年來說，這並不是個舒服的姿勢，但天皇屈從蹲姿，因這姿態意味著他的遠見。同樣地，高大的六邊蓬頂覆蓋著年輕天皇與他的高椅子，在將風雨隔絕於外的密閉房間中顯得多餘，但它象徵著天皇的恩澤廣覆四方——至少這是蓬頂的官方意義。事實上，蓬頂是在早前四十位和尚在此誦經後裝上的，他們沒完沒了的誦經一直延續到子時，直到天花板下了一陣灰色蝶雨才給打斷。多數的昆蟲死時都是掉到地面上，少數掉到和尚身上的掙扎地活了更久一些，甚至落入他們衣服裡，讓這些神職人員身體扭來扭去，有些可笑。姬妾們不敢想像若是天皇因為蟲子鑽進裡衣，而忍不住改變姿勢、開始扭動的畫面。

沿著牆面排了四個有腳的櫃子，三個小一點的櫃子，還有數個泡桐木箱子；天皇不知道裡面裝著什麼，也不甚在意。他是個缺乏好奇心的天皇，也許是因為他所接受的教育使他只準備好要吸收、轉化和適應數百年來從中國引進的文化——就連平安京，不也是模仿當時的最大城、唐朝首都長安而建的嗎？兩座城唯一的差別只在於，平安京為了與其名相襯而並未建立護城牆。年輕的天皇所接受的教育，目的在於習得皇帝這個職業所需的能力，而非培養探索新知的需求或渴望。終有一天會有某個人打開那些泡桐木箱子的，到時天皇就會知道裡面裝什麼了，或者依舊不知，因為放在裡頭的東西已經不見了，這就是變易之道，掌管人世間命運與事物的法則。

官員為了躲避驟下的冰雹，木屐喀喀聲從四面八方傳來；這時天皇向渡邊說他決定親自參與下一場薰物合，而這自然代表他必須贏得比賽。

「天皇所做的事必定得勝。」渡邊說。「主上為這次的比賽決定主題了嗎？」

有流言說今年的賽事靈感來自六月大雨驟落於庭園中引起的氣味變化，那就是當製香者切細、研磨、輾壓濃郁的花朵，剁碎、割開、撕裂滿是汁液的莖葉，磨軋、粉碎、壓爛泥土，搗碎蝸牛棄置的外殼，廢棄的貝殼應著腐質土的沉重，襯著花香散放的新鮮。至少這就是園池司司長聞到的味道。

「霧中的女子。」二條天皇說。

渡邊不解地看著主上。這女子是從哪兒來的，她是誰？

「霧中的女子？」他邊挑眉邊重複說道。

就像先前決定的，渡邊已經把眉毛畫成了翠綠色，可惜似乎沒人注意到，這讓他很氣惱。是否人到了某個年紀後，不論是主上或下屬，即便盯著你看，也還是看不見你？直到有一天他們真的再也看不到你了為止？

「想像有座庭園，」天皇說，「一座佈滿清晨霧氣的庭園，一道圓拱橋跨過一條小河連接了庭園的左右兩側，只有橋拱之處自雲霧間浮現。就在這時，一名女子從受霧氣蔽遮的右側庭園，踏上小橋。她走得很快，到了拱橋中央，她停下來一會兒，接著又開始疾速前進，很快地下到庭園的左邊。身影自右方的霧中甫現，旋而又沒入左方的霧裡。若我追隨她的身影直至橋上，會發現什麼呢？」

「唉，主上，我想恐怕什麼都沒有。她短暫停在橋上的須臾之間，我猜，或許是為了看鴨子？也可能是她掉了一只梳子、一條腰鍊，或一隻扇子？」

「錯了。」

「錯了？主上，我不明白　」

「氣味，」天皇打斷他。「那位女子的氣味將會留在橋上。」

「但是風……」

「若有霧，則無風。女子行走於濃霧之間，途中必定於橋上留下一絲香氣。這就是這次薰物合的主題。現在，製出毋須言語便能描繪出這畫面的香吧。」

渡邊嘴巴張開，驚訝地看著年輕的天皇。他從沒聽過這麼美的香味競賽題目，也從來沒有人給過他這麼困難的挑戰。

他回想起記憶中特殊的香氣，腦中混雜著各種味道：甘松、雪蓮、匙葉甘松、中亞薄荷、大王花、山毛櫸樹液及野生百合花蕊，他不禁暗想著到底要如何別出心裁地組合才能為主上拔得頭籌。

下午，柔軟的雪花取代了稍早降下的扎人冰雹：初雪提前了幾週到來。當渡邊悠然地在家中想著主上交付給他的任務時，覆蓋地面的細雪已積了七公分厚。

二條大路上商店裡用來製成小香球的芳香原料（樹脂、木屑、樹皮、草藥）都不符合大皇的期待。雖然薰物合藝術的精髓在於如何混和各種原料，但自從兩百年前來自中國的鑒真和尚將混合諸如蜂蜜、花蜜、抹香粉等香料的藝術引進日本之後，幾乎所有的組合都有人嘗試過了。透過調整比例，我們可以取得千種以上的香氣變化，而每一種配方都記載在園池司長保管的書冊上，因為他得負責讓各種芳香樹木能適應在本土生長。

渡邊因此更明白至今還沒有人可以用香氣詮釋霧中女子穿過拱橋的形象，而且天皇也沒明確指出在哪個季節、哪個時辰、是白天還是晚上。他必得有所創新，別出心裁，可是渡邊名草已經失去這個習慣了。光想到這件事，他就已經覺得筋疲力盡。

¶

草壁陪著美雪一直到了供奉阿彌陀佛的寺廟池塘。阿彌陀佛乃佛中之佛，掌管著淨土，隔絕於一切苦惡的極樂世界，廣袤如六百一十億個宇宙大的淨土，都只屬於祂。

一陣刺寒的風吹來，最後幾隻秋蟬的擾人鳴叫傳來，身上剛長出翅膀、覆滿細毛的蟲兒掘著土想躲起來。光線穿過紅楓葉，瀰漫著紅色光芒，散布在夜晚落下的雪上，儘管太陽剛升起，寺廟已映照著日落的顏色。

池水隱沒在杜鵑花和山茶花叢之中，並非一眼可見。若要看見它，必須穿過一團團積沉的霧氣沿著軟土小徑走近。

美雪穿過最後一叢矮樹，瞥見了如鏡之池。她趕緊上前，袖子都還沒捲起，就把雙手伸進水池，曲掌於蓮枝間捧水。她用池水洗了臉，甚至還喝了一點，像是鑑賞清酒的人那樣在口中漱著，讓水液蘊涵的微妙滋味綻放開來。

池水的味道很柔，很淡，像是發育不良、不夠成熟的水果，帶著一股淡淡的泥土餘味，無疑是因為裡頭含有許多唯有鯉魚飼養者方能覺察的腐敗有機物質。

「味道很好，」美雪下了結論，「雖然太冰，不過是因為下雪的關係。嗯，該怎麼說呢……有點麻木，有點……」

「平淡無味？」草壁說。

美雪從來沒用過平淡無味這個詞，至少在這個情況下。就算這個形容詞再怎麼正確，也絕不會是從鯉魚的觀點出發，對鯉魚來說沒有任何水流是平淡、乏味或缺乏個性的。

靠近池岸的水中，柱子不整齊地錯落排成半圈桂冠的樣子。池水滲入斑駁如魚鱗剝落的木柱。美雪猜想這是勝郎提過的小木樁，朝天的尖銳樁頭讓鳥兒難以停在上方觀看魚隻泅泳以便俯衝補魚：只需將木樁釘入泥中，在木樁與木樁之間拉起細繩，圈出一方淺塘便得以讓鯉魚放心地在裡頭適應新環境。

雙手合十向池塘行禮之後，美雪轉身朝草壁。

「您認為僧侶會想看鯉魚入池嗎？」

「我哪知道？」

「但我們一定有幸見到渡邊司長出席的，對嗎？」

這聲我們，美雪指的是自己所代表的島江村民，身負遣使之重任，她無法想像當自己釋魚入池之際，池邊不見園池司司長的身影。

「我猜會吧。不過他是重要的人，在這裡我們說大人。大人總是從早忙到晚，有時候甚至半夜都不睡覺。」

「那麼天皇呢？」

草壁不可置信地看著美雪：這女人真以為主上會勞駕動身，只為了看幾條不過是歷經一段危險旅程，毫無特別之處的魚隻動來動去？

「天皇陛下出席的都是老早之前就計畫好，並且多次演練過的儀式。我們怎麼可能在不知妳何時會到，甚至連妳會不會到都不知道的情況下，還準備排練讓天皇看鯉魚入池的儀式呢？再說，妳似乎只打算放進三、四尾的鯉魚……」

「是八尾，」美雪糾正道。

「三尾、四尾或八尾，又有什麼差別呢？比起妳的魚更重要的事情多著呢，不是嗎？可惜我無法領妳入殿，不然妳就可以好好地用自己的眼睛看看天皇陛下的日子是怎麼過的，一會兒的歇息、一絲緩和、稍停、休憩都沒有！」

美雪與勝郎一同度過的日子與天皇的生活差異甚大，島江的茅草屋也理所當然無法與宏偉的紫宸殿建築相比，此乃天照大神的後裔舉行即位大典之莊嚴聖殿。說到底，勝郎和美雪從來不知休息為何物，尤其是勝郎一想到贏得園池司認可帶來的名氣，或許接著會收到數不清的佛寺下的訂單，便已決定鑿挖個能夠養殖約五十幾尾鯉魚的大池塘，以便能滿足蜂擁而至的訂單，毋須憂心當時河流的狀況是否適合捕魚，魚隻到底會不會吃餌。美雪也同意他的計畫，不過為了不佔用勝郎捕魚的時間，她獨力承擔這辛苦的工作，自己去山坡上挖掘用做稻田土畦的土壤。池子挖好了，接著還有填水的工作。美雪又得再次挑起擔子，將水從修善寺出海口運來。

在兩趟運送之間，她分出時間給稻田灑種施肥，還有維護捕魚設備。在得知美雪會修補漁網破洞，還會用山茱萸樹製作新的木魚鉤後，勝郎更是放膽恣意地使用它們。

「每年參與一百多場儀典，」草壁接著說，「這麼多的祭典。有時天皇舉辦有豐盛的純釀清酒、佳餚和舞者的酒宴，要知道，天皇甚至親自監督典禮的排練，有時候主持新嘗祭，有時得持續到寅時，有時還得擔任鬥詩或者調香比賽的裁判，或者得聽一年之中死刑判決的冗長報告，而這報告毫無用處，因為死刑已經一百多年沒有執行了——不過傳統還是要維持下去，不是嗎？」

美雪沒有回答。「傳統」，又是一個她不認識的詞，至少她從沒用過。她的語言大致上是由沉默組成的。在島江時，她可以一整天都沒說任何一句話。傍晚，當勝郎從草川回來，美雪總算見到丈夫連忙衝向他時，她的小嘴會是乾澀的，雙唇枯癟，舌頭打結，只有私處在她跑向他的時候變得越來越濕潤。

「依循傳統需要隨時專注，」草壁又說。「然而在夜裡難以保持警覺，還好緊張時刻總有酒能使人放鬆，找回辨析能力。我說的是只為天皇身邊人所釀造的燒酎。我有幸嚐過幾次，因著園池司被納入主膳司的關係，我成了為天皇御膳試菜、管控溫度和味道的官員之一。嗯，天皇陛下的酒，真是逸品，相信我！妳喜歡品酒嗎？雖然妳這階層的女人是禁止碰觸天皇飲食的，但我應該可以安排。」

美雪不置可否。草壁嘀咕了一下，很是失望，原本還以為自己點燃了她的一絲好奇心，他向來很擅長點燃別人的好奇心，即便在宮廷如此極度注重禮儀的環境中，他都能因此而比同桌共食之人來得更為亮眼。

想像一下吧。園池司門口的供應商，大多數都是來推銷自己地區產品（吉野山上的白櫻花樹、湯島天神的梅花樹、伊勢的菊花）的農夫，草壁總是先恭喜他們來到全世界最尊貴城市的中心。他告訴他們，無論最後交易成功與否，瞥見平安京的他們，都已經比起初來時要更加富有。這些農夫在此之前，眼界只有自己的窩、自己的稻田、自己貧瘠的土地面積，他們全都嘴巴開開地聽著草壁的話。他對他的話題嫻熟而能言善道，可以談皇城談到天空透出紫色的光芒，談到暮光如同一碗墨汁打翻，談到一百二十二名門衛已開始驅離不該留在宮殿內過夜的人。

和天皇吞嚥入口、滑落喉頭、通過腸胃、再從陰莖和幽門出來的東西同樣源源不絕的，還有草壁為御酒所準備的一長串悼詞。

而散發臭味的女人竟然對這些都不感興趣？

（他開始認同渡邊大人了：沒錯，這個女人釋放出某種難以定義的味道，並不是特別討人喜歡。）

他有些氣惱，但並不因此退卻，又重新談起天皇陛下的酒：有次天皇難得分享他的酒杯，草壁曾有幸品嚐。那是由越後國的米所釀造而成，被公認為全日本最好的酒，驚人地柔和、濃醇、具果香甜味，草壁開始在腦袋中搜尋描寫這味道的詞彙。光是說出這些詞彙就夠讓他高興了，他閉上眼睛，幾乎要被灌醉在自己的想像之中。

美雪眼睛睜得大大的，用死氣沉沉的眼神聽著草壁的話語，勉強留在那兒。這讓草壁忍不住嘆氣。

「天草美雪，妳一丁點兒好學的心都沒有嗎？」

美雪默默無語，或許是因為疲憊吧。

她想說的很簡單：教你的人，比起你學到的，重要許多。在她這麼想的時候，雪突然越下越大。

她的知識都來自於勝郎，是他引領她進入了潺潺流動的川河世界之中，教會她不傷著鯉魚的捉捕方法，讓牠們安靜下來、馴化牠們，直到能夠帶著牠們上路，踏上一段長途旅行，就像狗兒、馬兒、鷹隼上了頭罩。

勝郎不只跟她說這麼做、那麼做，他還牽著她的手，領她進入河中，水淹過她的小腿肚、膝蓋、肚子，直到胸部，接著他抱著她，一手撐著她的臀，一手扶著她的頸子，叫她安心躺下：感受妳身下的河安穩地支撐著妳，乘載著妳。

魚隻溜走或是前方掉落小樹枝產生的漣漪，讓美雪散開在河面上的一頭黑色長髮像是在呼吸般輕輕起伏。

漁大之間有個謠傳，勝郎也深信不已：草川會隨著川流而變得愈來愈寬，就如同美雪因愛與信任而對他敞開的可愛雙腿；最終則在距離島江下游與修善寺攔河堰很遠的地方流入太平洋。

勝郎很想知道這麼一條普通的河流怎麼能穿透無盡的海洋？是透過夜襲嗎？就像他與美雪的婚姻？是否他的陰莖在妻子的雙股之間脹大，就像是河水在支流匯聚之後更為強大，注入敞開的水域，深入美雪汩汩而出的柔軟，微鹹又溫熱？

勝郎和美雪互相承諾，死前要一起走到草川的出海口。或許，在一塊被太陽曬得溫溫的大石頭上相擁，望看他們的草川如何融入大海。為了確保能實現他們的心願，美雪曾採了一片構樹的葉子，由勝郎在他一次前往平安京的路上，交給一位學者，請他幫忙寫上他們兩人的願望。要讓願望實現，願望必須在牛郎與織女相會的夜裡寫上構樹葉，勝郎就是這麼做的。不過一定有些什麼地方做錯了，因為在與美雪並肩坐在溫熱的石頭之前，勝郎就已經死了。

一想到這裡，美雪感覺到淚濕雙頰。

「我們回去吧，」草壁說。「雪太亮，太刺眼了。我們明天早上再回來放魚入池吧。」

寺院裡的銅鐘響了，密集的震動讓神聖池塘表面結起的薄冰微微龜裂。

雪繼續下了一整天。雪花堆在屋簷，屋內點燃的火盆烤得牆壁和屋頂透出了微溫，讓積雪開始軟化、消融。產生雪水之後，整塊雪白的蛋糕從屋頂滑下、墜地發出的聲音，就像是牛糞掉落在紅土路上。

回到經藏，美雪得一直靠近觀察魚簍，因為鯉魚在裡面不太動，像是麻木了，只有魚鰭短暫輕微的震動表明牠們還活著。

美雪克制自己不餵食牠們，因為她想要讓牠們維持飢餓貪食的狀態，一旦放到池子裡，儘管冰冷的池水會讓牠們想游向池底躲在泥土裡，但飢餓會促使牠們探索新環境，找些食物滿足牠們的口腹之慾。

美雪自己也餓了，沿途的疲憊加上抵達目的地之後的放鬆，讓她開了胃口。

就在她研究水池的時候，草壁走到寺院向僧侶乞食。當僧侶知道他們的佈施對象是帶鯉魚來聖池的女人時，表現得特別慷慨。蹲在八尾鯉魚身邊，美雪狼吞虎嚥地吃著僧侶給的糯米、白菜，和漬蘿蔔片，馬上她就感到了不適。但是不管，她覺得自己很餓，仍然持續地狂吃。她雙手分別捏出兩團食物，幾乎同時塞到嘴裡。直到碗空了，她舔了舔碗裡，鼻尖和鼻翼都沾滿了食物碎屑。她用衣袖擦了擦嘴，衣袖染上一塊濕濕的污漬。

北方來的狂風吹在比叡山和愛宕山之間，讓樹變得光禿禿。隨著橫掃整座城市的狂風，大雪也水平地壓境吹來，除去了最後幾片葉子。一對原本暫棲於西寺閣樓寒鴉舊巢的大隼也飛走了，臨去前悲鳴數聲。夜，就這麼來了。

15

正當美雪在墊子上蜷縮毯子中，兩名渡邊名草的僕人奔往草壁家中，請求草壁不要等到隔日黎明，即刻就前往面見園池司司長。

為何要派遣兩名信使傳遞如此簡單的訊息？因為若是其中一位在雪中滑跤，扭傷腳踝或是摔斷了腿，另一人還可以完成任務。由此可見渡邊總會預先設想最糟的情況以及解決方法，這份執著，使得他能在變化多端的世界中確保長久在位並且表現亮眼。

草壁立刻打發了在寒夜裡召來暖身的遊女，動身啟程。

一輛載滿麻布的大篷車的意外抵達耽擱了他。因為羅城門此刻已關閉，篷車轎夫眼見將被迫露天夜宿大雪，憤而起身抗議，畢竟他們可是帶著能讓染衣工人和裁縫師傅得以溫飽的商品前來，被拒於城門外，遭受的待遇太不友善了。聽見他們大聲嚷嚷，威脅著要放火燒了麻布來取暖，草壁於是遣人喚醒守門侍衛長，等他開了羅城門才走進去。

夜裡的冰冷讓聲音更容易傳遞——在他好不容易走到富小路和六角小路口，遇到渡邊派來等他的一名僕人，手上舉著一把火炬——此刻皇城裡的鑼聲宣告子時過半。

草壁暗忖剛剛他得分開的軟玉溫香（她叫什麼名字來著？啊，對了，她叫美妙，意思是令人喜悅的）是否又重新回到了凍僵人的街上遊走。她並不真的配得上這名字，因為她的腿又短又胖，肛門像是一顆紫色的小蔬菜，而且她與大多數遊女不同，直接表明自己不會即興編唱歌曲、填寫歌詞激起客人性趣。不過草壁就喜歡這樣不夠女人的女人，平凡無味又不夠優雅。他在平安京重要朝臣中的地位，迫使他得時時追求完美，這樣的女人可以幫助他在夜晚裡真正放鬆。

如果渡邊大人沒留他太久的話，或許他會再把名不符實的美妙找來，帶她一起回家。

但在這之前，他必須先接受歡迎儀式，在抬高的一個裝盛著清酒和小菜的托盤前蹲下。

園池司司長靜默地看著，彷彿第一次見到他，也似乎正在評估草壁完成棘手任務的能力。

在渡邊倒完清酒之後，他用蝴蝶昏昏沉沉從蛹中展翅而出般的緩慢速度告訴了草壁他與天皇晤談的內容、天皇決定親自參加薰物合的消息——以及天皇自己描述的主題，一個極難以香氣表達的故事。這個主題恐怕會使二條天皇找不到其他參賽對手。

「若無人能解陛下所出的題，那真是太不敬了。」草壁說道。「天皇所出的題目是什麼呢？」

渡邊簡單扼要地說明了情境：拱橋、濃霧、少女。

「以往的比賽從未用故事作為主題，只要調配出好聞的味道即可。」草壁甚感驚訝。

「不過天皇可能想透過前所未有的創舉來為自己的統御記上一筆，比如運用香氣敘事。」

托盤的兩端，兩個男人靜默地端詳著，似是為了思索方才的話語。薰香長久以來一直在貴族之間流傳，可以提神、靜心、醒腦、療癒、抗憂鬱、治失眠，還有壯陽之效，但從未有人聽說過它還能像詩人一樣說故事。

渡邊起身，深深鞠躬，彷彿天皇臨在。

「若是二條天皇能接受如我這般不配的卑鄙小人，那麼請讓我接下這個挑戰。」

草壁用難以置信的眼神看著他。

「渡邊大人，我對您的尊敬是全心全意，不過我也識得所有二條大路上店鋪裡的薰香，無論是單方或是混香，沒有一種能夠展現出女子在橋上疾行的感覺。」

「在橋上而且在霧中，」渡邊補充說道。「這是一種從未創造出來的嗅覺印象。到底像什麼?我還沒有任何想法。我已經不是年輕人了，一旦起霧，我便睡下，而且已經很久不追著年輕女孩跑了。」

他發出老男人的輕笑聲，不知是自嘲還是絕望的笑聲，也或許是出於下顎的哆嗦聲。

「您難道沒有一點獲勝的機會嗎？」草壁問。

「噢，應該沒有。」

「但整個殿上所有人的眼睛都會看著您　」

「應該是他們的鼻孔吧。」渡邊笑道，邊用手指輕點自己的鼻子。

「是的。」

「是的。」渡邊重複。

「是的。」草壁又再說了一次。

在這三聲「是的」之後，兩人便沉默了。只有幾聲渡邊的嘆息，如鯁在喉，有些突兀地插入唉、欸、呀、呦，以及絲絨滑過絲絨的聲音，但最多的還是沉默，一種兩人似乎不想打破的、封印住的沉默。

最後，在一段很長的時間過後，草壁說道：「其實，或許整個宮廷都會向你傾聽，因為看起來香氣用聽的比用吸的更為清楚。我突然想到關於這點，不是有本經書說佛陀的教誨透過氣味傳遞，無須言語？」

「《維摩詰所說經》。維摩詰是佛陀最親近的弟子之一。」渡邊以尊敬的語氣說。

「大人，他的教誨也感動了您嗎？」

園池司司長露出一絲微笑。

「不是他的教誨，而是抄寫這段經文翻譯的紙。那是一張特別白、特別純淨的紙，我曾有幸瞻仰，甚至得以觸摸它，觸摸時指腹的柔軟觸感難以言喻。這紙張現在保留在東大寺，也就是從島江來的寡婦明天早上要把鯉魚放入的那座寺廟。在這段經文中，維摩詰談及重生於淨土，以『染上所有芬芳的香氣』描述，宮殿、房舍、街道、庭園，一直到食物，不是由陶土、木柴或石頭製成，而是最甜美的香氣。」

「您相信這樣的事情嗎，大人？」

「我不能說我相信，篤人，我很小心不這麼說！但假使死後真有另一方世界，我比較希望想像它充滿香氣而非腐臭味。」

渡邊的下顎又微微顫動，這一次，不是因為年紀大了，而是出於室內的冰冷。

三個火盆中有兩個裡頭全是白灰，只有一個是燒紅的。

「渡邊名草與草壁篤人在冬初挑戰二條天皇！」他突然大喊。「我猜比賽會在淨清閣舉行。這將是沒有人參加過的特別賽事。我不禁好奇，天皇將如何回應他自己設計的主題？啊！篤人，多麼可悲啊：我就像一個人，人們託付給他一本用他不懂的外文寫成的詩集，命令他翻成另一種他不懂的語言。」

草壁嚥下第四杯酒，雙眼炯炯有神，站起身子。

「不如我們動身吧，就是現在。」

「去哪兒呢，篤人？夜已深，下著雪，而且……」

「去二條大路的店鋪，在其他人之前先預訂最好的薰香。」

草壁很清楚，在公布即將舉行調香競賽的消息後，凡可能參賽者，也就是幾乎所有正三位上以上的達官貴人，都會派遣家僕前往二條大路的店鋪搬貨，不計代價，也不會花時間挑三揀四，盡可能帶回最多的松香和最香的植物根莖或種子，因為重要的不是買得划算，而是獲取最多的材料，接著趕緊閉門暗藏，免得有人知曉自己的調配薰香的秘方。

¶

即使貴如園池司司長，深夜造訪仍需要官方許可。不過渡邊很輕易地說服了店鋪的守門人替他開門，他們只簡單地確認了渡邊和草壁身上沒有任何東西會使庫存的薰香變質或者燃燒。

他們必須避免任何燈籠、火把，甚至是蠟燭。可是，若沒有照明的話，店鋪就會陷入黑暗，讓人看不清密密麻麻的小抽屜上印的字，無法認出裡頭裝的是哪種香料。映照在雪地上的月光亮度正好，但必須將木窗完全打開，而守衛一定會反對這麼做。

「一起進來吧，」草壁順從地說。「嗅覺會彌補雙眼看不見的東西。」

渡邊喜歡這個說法。兩個男人深入暗處，臉向前伸，像是貓咪探索未知領域時那般。守衛概略地向他們解釋薰香陳列的原則，首先，同類別放在一起（樹脂與樹膠，根與莖，種子與果實），接著根據不同性質（甜、酸、暖、鹹、苦），再來是按照木質、草本、泥土、麝香、辛香、香脂、樹脂、酒香、胡椒、樟木等調性的細微差異來排列。

「拜託別碰任何東西，」守衛接著說。「請你們只用聞的，記住你們喜歡的，等宮裡宣布比賽的題目和比賽開始之後，再回來帶你們今晚選的薰香。」

守衛見到渡邊感受冒犯的眼神，趕緊深深鞠躬，連聲道歉，幾乎快速地把所有他們懂的道歉說法都講過一遍。

「怎麼可以懷疑園池司司長大人想偷東西呢？這不就只是個區區中國八角大茴香嗎？」草壁深感不快，在渡邊耳邊低聲說：「大人，何不乾脆趁暗直接拿走？」

「已經拿了的就不必再拿。」渡邊也是輕聲說。「我們從麝香開始吧，這是所有香味的基底。沒有它，我還真無法想像怎麼調香。」

他們的嗅覺堅定地領著他們走到一個擺放精緻小皮囊的抽屜，皮囊表面有著細毛，裡頭裝著深褐色的種子，摸起來很柔軟，散發出濃烈的氣味。渡邊和草壁各拿了一個皮囊，藏進自己的袖子深處。

接著渡邊目光轉到大茴香上。他認為大茴香的清新味道能夠表現霧氣。最不濟還可以仰賴他拿了不少的雲木香，那名令天皇念念不忘轉瞬即逝的女子所停駐的橋，是否連接著紫羅蘭花圃和石竹花壇，會讓人聯想到大茴香的氣息？

而一旁的草壁，長袖如同深不見底的袋子，則取了安息香脂。

¶

儘管相當疲倦，但在將戰利品處理完之前，渡邊與草壁是不會分開的。他們先將香料浸泡在醋裡，再細細磨碎蠶繭，仔細清理二十多只中國海螺殼蓋膜，作為定香之用。

最後，兩人在研缽裡搗揉香料基底，接著分裝到幾塊結在腰間錢帶上的絲質方巾裡，最後裝進蘆薈木盒中。這些繁複的工序足以讓各種香氣更為凸顯，毋須將薰香碎屑分散鋪在不同火盆裡燒得白熾的火炭上，雖不見白煙裊裊，但濃郁的香氣充盈滿室。

接著，渡邊在地上鋪了兩張布巾。沒說話，他躺上其中一張布，拍拍另一張，就像叫喚一隻貓過來蜷趴於上。這隻貓當然就是草壁了，他躺在布上，眼神充滿感激，因為北風漸強，颳起雪花再灑落，就像是不斷地拔掉一隻白鳥的羽毛，散發的寒氣也逼得屏風和窗簾發出嘎吱聲，像是昆蟲的鳴叫；最後說服了草壁在寒風和黑暗之中待在他身邊的，是附近一條小巷裡傳來被刺殺者的長聲尖叫。

16

美雪很早便醒了。儘管天色未明，還透著幽暗，讓人看不清水盆裡的狀況，但美雪的第一個念頭是趕緊確認她的鯉魚是否都還活著。她關懷鯉魚的眼神是如此熾烈，就像是她比勝郎早起時，審視他是否安全度過夜晚、是否安穩地呼吸著的眼神，接著她會拂過勝郎的肌膚，輕捏，確認他的身體是溫熱而柔軟的。

美雪五歲的時候，雙親便因得到豌豆瘡而過世。初期症狀一出現，有些村人捉來猴子讓牠在大廣場起舞，因為他們認為動物的蹦跳可以減緩病情。也有人認為難以忍受的破笛聲可以驅趕疱瘡神，於是叫來一位老吹笛人。第三種方式則是把美雪關進雙親的居室，避免她把病傳染給其他家庭。

小美雪因此在父母親的床頭度過了幾天。膿疱布滿了雙親的嘴和咽喉，讓他們無法說話，只能在寂靜之中痛苦地死去。不停撫摸著雙親、跟他們說話，撫揉著他們的小美雪，在他們肢體僵硬時，才發現到他們過世了。

小美雪哭了，村人聽到，便放了她。為了避免遺物運往葬禮柴堆燒掉的途中擴大疾病傳染，村長，當時還不是夏目而是德昌，他父親的父親，遂決定將美雪的雙親就地火葬，火炬很快將茅草屋頂給吞噬。

肢體僵硬象徵雙親死亡，讓美雪每天早晨都擔心地確認勝郎的狀況，而這份憂心忡忡又擴張到她前一晚道別、翌日早晨會再次相遇的所有生物身上。

草壁說儘管房間在樓上，動物還是會侵入，尤其是鳥兒。美雪慶幸自己在閉上眼睡前，記得在自己躺著的布巾及置放鯉魚的四周尿一圈。美雪為了抖掉因蹲著而沾上的尿液抖顫許久。鳥兒顯然不敢跨過這個神奇圓圈，在圓外留下許多小腳印。

確認過鯉魚的狀態後，終於安心了，美雪走向一扇窗戶。她睡覺時睡得並不安穩，她的睡衣在她身上移了位，現在只遮掩著她的一部分，於是她放下窗簾。儘管簾子在大雪摧殘之下已經壞了，至少還能阻擋外頭的人窺見她的裸體，同時也能讓美雪一覽城市面貌，直望向皇宮外牆。

雪整夜未停，讓相接連的屋頂看起來像是一整片綿延的白色波浪。中間有幾大塊積雪過重而滑落漆面屋瓦，速度甚至快到衝過翹起的屋簷，滑向天空。雪塊在空中停了幾秒，然後落下，發出鬆弛無力的聲音。

草壁無聲地進入，沒怎麼嚇著美雪。他已經重新穿上官員的禮服，戴上紙製的烏帽子，披著淡紫色羽織，粉褐色長著下襬及地，腳踝處以細線繫著寬袴。

美雪鞠躬了三次。

「大人，我準備好了。」

「妳確定嗎？」

草壁非常驚訝地看著美雪。

「妳還要繼續穿著這些衣服？或者說是讓這些衣服穿著妳？」他修正自己的說法。「它們都已經僵硬了，被乾掉的泥土、污垢和……」

「我沒有別件了。」美雪打斷他。

「妳這趟旅行都沒帶上別的換穿衣物？」

勝郎經常跟她說，平安京的人完全不了解島江人的生活，基本上他們根本就不在乎，也不想試著多了解一點。美雪沒把草壁的評論放在心上。她的衣櫃裡，只有身上穿的這套，和幾件工作穿的破舊衣衫，但她為了減輕行囊，所以沒帶上。

「無論如何，」草壁再說：「沒人會注意妳的。如果出太陽的話，我就不確定了，但因為下大雪，池塘邊是不會有人的。至於渡邊大人，他不會因為妳的穿著覺得受冒犯。他年紀大了，視力變得很差，看不太清楚，顏色也會搞錯，而且……」草壁邊說邊用手掩笑，「我確定他是不會靠近妳的。如果說滿意這詞對一個老人來說還有意義的話，他離妳越遠，他就越滿意——呃，妳知道為什麼吧？」

而後他滑稽地皺了皺鼻子，像是想要逗小孩子笑一樣。可是美雪沒有笑。

「妳知道吧？」他又再說一次。

「不知道。」

「我們走吧。」草壁沒再咄咄逼人。

由於牛車可能會陷入泥淖，草壁偏好搭乘轎輦，因為它的轎夫能夠像蝴蝶一樣飛過不平坦的地面。

夜晚冷得石頭都要凍裂了。冰層下方池水闇黑，雪幾乎要把池邊美雪指示讓人掛上網子圍給鯉魚適應環境範圍用的木樁給吞沒。

草壁保證自己已經做了預防措施，親繪現場的平面圖，而冰面也很堅固，可以讓與美雪一樣纖弱的人在上頭活動，一直到木椿的邊緣。

好幾位僧侶面對池塘，如同護衛般沿著象徵河流兩岸的樁緣排列。年紀最長的幾位，削瘦的面容上臉皮僵硬，掛在幾乎毫無保暖作用的薄僧袍上。不過他們不動如山。最年輕的幾位，看起來還是小孩子，雙腳搖搖晃晃。他們雙頰內圓厚的舌頭探著牙齦，攪動出米飯，像是動物反芻那般，反覆細細品嘗著淡而無味的米飯。

「妳哭了嗎？」草壁看美雪雙眼突然滿是淚水。「為什麼哭呢？抵達了旅途的終點，任務完成，妳不該傷心啊。」

「因為冷。」美雪含糊地說。

這不是真正的原因。美雪為必須與從草川帶來的兩尾黑鯉魚分開，感到心煩意亂。鯉魚讓她想到的並非牠們被捕獲的河流，而是捕捉牠們的漁夫。牠們緊張震顫，魚鱗幾乎片片豎起，尾部激動地掃了幾下（應該是感受到靠近池塘，知道很快就能回歸自由了），美雪感受到勝郎捕捉到稀有鯉魚時的那份激昂、喜悅與滿足。當下，他會變成絕頂美妙的情人，好像捕捉到鯉魚的驕傲也飽滿了他的陰莖，讓它變粗變硬，在他靈活的撫摸之下，還沾滿了黏液的指頭毫不猶豫地探向美雪身上最敏感的地帶，就像用手掌牢牢捉住剛從水裡鑽出來的鯉魚，不讓牠的身軀從指尖溜走，但仍給予足夠的舒適空間，讓牠覺得是受到保護而不是受懲罰。

美雪走在路上，隱約感覺勝郎一直都在自己身邊。不管怎麼說，在扁擔兩端鋸著自己頸子、讓她肩膀瘀青的，都是勝郎的鯉魚。陪伴著牠們、靈魂看顧著鯉魚的勝郎，也是這樣看顧、陪伴著美雪。

但當鯉魚扭動著游向水池深處，勝郎的魂魄也將跟著牠們一同消失。這是美雪最後一次聽見勝郎的笑聲，那孩子般如鈴的笑聲，對他的年輕妻子說他不會老去，只是回歸死亡，回歸永恆，徒留美雪仰天長嘯。

此時，一頂轎子停了下來。

園池司司長前來觀看鯉魚入池儀式了。

驅策渡邊前來的原因並不是儀式本身，而是可以觀賞身著華服的草壁，突顯於雪白之上，穿梭在人群之間指引禮儀規範，儘管天皇應該不會親臨觀禮，但一切還是必須依照天皇親自主持典禮般，同等隆重地進行。

轎子抵達之前，僧侶已將結冰的池塘開了一個缺口。拿著長竿的年輕僧侶不斷地敲打水面，以免池水再度結冰。

美雪走向冰面，以僧侶誦唸地藏經的速度，緩緩地一步一步走去。而這樣很好，因為她擔心會絆到隱藏在雪面下方的東西而跌跤，繼而翻倒魚簍。

「輝煌帝國、佛祖淨土，八方好水填滿七寶湖。八方好水何為？在其澄清、在其光線、在其冰層、在其柔軟、在其美麗、在其輕盈、在其閃耀、在其靜謐。」

抵達水池的邊緣，美雪看見自己的倒影映在被僧侶的棍棒所釋放的幽暗水面，她非常驚訝沒有在她的身旁看見勝郎的剪影。她微笑著想像勝郎現在可能已經蓬頭垢面、散發臭味。勝郎以前總說，從平安京帶回來的髒污和傷口是在去程路上所沾染的。

「不！」美雪突然大喊。

一名老僧穿過人群來到美雪身邊，趁著扁擔傾斜，取下她裝著兩尾黑鯉魚的魚簍。

「不！」美雪說，「讓牠們再多留一會兒。」

但是僧侶完全不顧她的懇求，帶著魚越走越遠，一扭一扭像猴子似的走了，臉上的皺紋顯示僧侶承受著老舊關節的折磨。

美雪聽到重物落水濺出水花發出的聲音。

「勝郎！」她又喊道。

美雪顫抖著。此時渡邊名草來到她身邊，彎曲如山稜的指頭抓住美雪的手臂。美雪不知道這是種安慰還是種箝制。渡邊緊抓著美雪，將她帶離池邊。美雪回頭想往後看，視線越過肩膀，希望能再最後一次看著勝郎的鯉魚游向自由。

池塘邊，僧人們繼續吟誦：「……藏寶湖底鋪滿金沙。湖泊四周階梯遞連，美輪美奐。外圍樹林開滿迷人珠寶，林間小徑散發甜美香味。」

渡邊與美雪的距離近到他可以感受到美雪身體的溫度和她的心跳。

他問美雪一切都進行地比預期更順遂，為何她如此激動。畢竟北風很可能讓僧侶凍僵，也凍僵他們的聲帶，抑揚頓挫的高聲誦唸比起牙齒打著寒顫的低聲嘎嘎作響來得更有韻味。

作為回應，她垂下眼，雙手交疊，指頭暴露在冷空氣中，卻矛盾地感覺像是浸在滾燙的沸水。她鞠了躬。

「妳何時回島江呢？」

美雪的嘴在她做出回應前飛出一滴口水。於此同時，太陽探出雲層，照射在這滴口水上，在從她的雙唇到渡邊的臉上前這不到一秒的時間，閃耀成一顆迷你的小太陽。

現在，渡邊珍惜著他對這種乳白色液體懷有的祕密熱情——如此甜美，如此未被欣賞，人們如此不感興趣——那就是女性的唾液。

渡邊曾幾經懇求，說服了妻子早穗子，在一面中國戰國時期的光滑銅鏡表面滴上一滴，那是最初他送給早穗子的其中一件禮物。一直等到一個月蝕的夜晚，早穗子才答應了他。渡邊欣賞著閃著光芒的水珠，稱之為「早穗子的獻禮」。而後，冒著泡泡的口水蒸發，在銅鏡上留下一道乾硬晦暗的痕跡。

他曾後悔沒有用食指的指腹收集一點微濕而濃稠的早穗子獻禮，如此一來就可用以濕潤自己的唇了。

園池司司長對於口水在皮膚上乾掉後產生的味道極度敏感，這讓他想到蜂蜜、醋、某些花兒的淡紫色雌蕊。但味道很不明顯、很不持久，淹沒在宮殿室內與迴廊間整年日以繼夜的裊裊薰香之中，也淹沒在京中各處滯礙的惡臭之中，尤其是靠近市集的地方。

渡邊的這份迷戀無涉情色。這份特殊的嗅覺快感，或許他人覺得噁心，他卻甘之如飴。這並不會引起渡邊任何性衝動，但是當口水不見，稍縱即逝的香氣轉瞬成了回憶時，他霎時明白自己是個幸福的男人。

早穗子慷慨地對丈夫奉上獻禮之後（慷慨是渡邊使用的字眼，早穗子自己比較喜歡說寬容），便斷然拒絕再滿足丈夫的任性了（任性也是她使用的字眼）。他經常找來宮中的年輕女子，不過想從她們身上取得能讓他狂喜的液體並不容易。儘管他竭盡所能，列了一張所有能夠令人信服的藉口，用來獲取一點點這位或那位女子的口水，這普通到讓皇后女侍想都沒想便吞下的口水（渡邊算過，她們一天大概重複了一千五百次左右吧），他的要求通常換來她們的驚愕眼神和直接拒絕。

不過，他渴求的偶爾也能實現，嗯，約莫一年有二到三次吧，通常是在安神儀式或者是新嘗祭的時候，因為這些慶典儀式總伴隨著舞蹈，會有十幾名年輕的女舞者。他大膽開口詢問幾位舞者，她們歪著頭聽他說話，全無輕視或厭惡之情，只是不瞭解她們應允給予他的會被用來做什麼。而後，她們會輕舉一隻手掩口遮住微笑，再放下後，目光充滿同情，低聲說：

「我願意，大人。我不覺得這有什麼不好。只要告訴我你想要我怎麼做。」

渡邊發現，細微的氣味在微溫絲質袖內的手腕上，能得到最佳展現。

於是他拉起左袖，露出手腕（左邊與「陽」連結，亦即溫熱、明亮、強壯、男子氣概），而後遞向微啟的櫻唇。

一聽到小嘴微張，滴落他渴求的口水聲息，肌膚感受到口水的溫度，渡邊便立即撤回寬袖，收回手腕，向贈予者深深鞠躬，即使她的位階比自己的低。接著，他便帶著甫獲得的珍寶疾步離開。

待行至安靜的走廊，渡邊立刻躲進角落，從衣袖中拔出左手腕，鼻子湊上緊貼著已然蒸發的濕痕。

儘管長期以來都這麼做，渡邊依然無法預測女舞者給他的獻禮究竟質地如何。不過他注意到，在兩場樂舞之間品嚐過質地柔軟如流水、半透明又極甜的熟柿子後的女舞者，她們的口水乾得較慢。不過，果香味會掩蓋過口水獻禮本身的味道。然而在充滿香味的儀式之中，園池司司長找尋的是純粹的呼吸、伴隨著說話與嘆息，由陌生女子所發出的氣息——大多數的時候，他並不知道，也永遠不會知道，獻予他禮物的女子姓名——儘管她們會成為他忘不了的人。

他的某些回憶甚至可以回溯到他還是個小孩的時候，這些記憶是如此深深地烙印在他腦海中，讓他依舊可以憑著記憶畫出獻予他禮物的女子們的嘴唇、唇紋與因嚴冬而皸裂的痕跡。

美雪口水的光芒消逝了。渡邊名草迅速將食指抵住上唇，往上推，貼著鼻子，接著閉上雙眼，深深吸一口氣，聞著陌生的氣味，對於這氣味，他有點不知該說是想逃離，還是想一頭栽入。

「我就是那位要付妳酬勞的人，妳知道吧？」

「不，大人，我並不知道。」

「因為這樣，我們應該有機會再見一次面。晚上我比較不忙，妳那時過來吧。或許妳會揭開自己的祕密？」

「什麼祕密？渡邊大人？我是個普通的女子，我沒有祕密。」

園池司司長環視四周，確認沒有人能夠聽到他們的對話。

草壁離他們有點距離，纖瘦細長的身子在池面上優雅地晃動著，邊跟著鯉魚的游動而彎下腰，再直起身子，然後再彎下腰，就像蘆葦被風吹動一樣。而僧侶們繼續誦唸，文風不動。

「不，妳有祕密，」渡邊輕聲說：「妳身上散發出祕密。」

他意識到自己的上唇依然往上抵著鼻子，露出嘴裡久未重新塗抹而已然斑駁剝落的御齒黑。

翌日清晨，雪依舊下著。有些地方的積雪厚度高達牛軛，無論步行、乘轎或搭車，想在城內移動並不容易。但園池司司長還是將草壁喚來，一起尋找各種薰香氣味，重現從濃霧中的庭園穿過拱橋前往另一座同樣被濃霧籠罩的庭園的年輕女子氣息。

前一天晚上，調香比賽的題目終於正式公告，所有熱中薰物合者，無論大師或首次參賽的業餘愛好者，心中都只想著一件事：混和、運用並且測試各種香氛物質，以求呈現出二條天皇所訂下的主題故事。所有人都覺得最大的挑戰，在於如何用香氣呈現律動的身體姿態、散開的濃密長髮、因疾行而凹陷的臉龐、女子在濃霧中急促的呼吸。這幾乎是不可能克服的困難，只差沒說根本不可能。

這正說明了為什麼參賽者全都放下了手邊的工作，將二條大路的店鋪貨架掃購一空。富有靈感的參賽者早已蒐羅了各種所需的香料，只待添加一點蜂蜜和李子果肉，讓濕度激發香氛綻放。夜晚來臨前，僕人們頂著暴風雪在淀川又冰又黑的沙土之間前進，泡桐木盒裝著主人先前精心準備的香料，淀川沿岸向來以有助於保存香料聞名，河岸邊已有數不清的洞穴，因此僕人不必在寒冰凍土上再挖掘地洞。

因為小寡婦和幾條臭鯉魚的緣故，渡邊和草壁還未達到此進度。他們為了幾條臭魚浪費了多少時間！寺廟池塘中鯉魚漫不經心地游著，究竟對前來對著佛祖禱告冥想的朝聖者能有何助益？

「我們就別再為這女人費心了，大人。就給她當初說好的價錢，打發她走了吧。依我看，這價錢還高出了那八尾不怎樣的魚，隨便一個淀川的漁夫都能給出這樣的魚。如果您現在想要懲罰她延遲交付鯉魚（其中除了兩三尾黑色鱗片的鯉魚可與從前島江的鯉魚相比之外，整體看來根本毫無特殊之處），我們只消將她遣返，毋須付款，便能多番制裁她。首先，離開平安京卻沒拿到酬勞，就夠她覺得丟臉了。接著，她沿途必定想著空手而返將遭受的懲罰而顫慄不已，因為其他人對她絕不會寬宥，我敢說，這些鄉下人對彼此沒什麼同情心，甚至頗為殘酷。這麼想吧，某天一位繡娘為皇后縫製衣裳，刺了自己的手指頭，讓鮮血流下，畫出一條纏繞在手上的紅蛇，從手腕到手肘，讓我們想到那個可怕的故事⋯⋯」

可是渡邊聽不下去了，他想著天草美雪的臉龐，她微啟的嘴唇露出野蠻的白牙，而他記得從這張小嘴裡射出的一小滴閃亮的水珠，噴向他的上唇。

因此，他動搖了，並非雙腿無力的老人，而像是一個發現美味醉人的強烈毒藥的年輕人。

「草壁，」他喊道，「我把兩團霧和穿越其間的拱橋，以及拱橋所連接、跨越的，都託付給你了。你已有調香所需的一切，對吧？我們從二條大路搬回來的不必省著用，儘管大方地用來調香，用絲質方巾包著，用李樹細枝製成的粗繩打結。若你認為在天皇面前所點燃的香都必須藉由金子烘托，那麼也別猶豫，就削、磨、刮下你所需要的黃金吧，我的首飾隨你用。」

「但是黃金無法燃燒呀，大人……」

「我知道，草壁，我知道。我雖老，可腦袋還清楚得很。黃金雖說不能燃燒，在高溫之下也會熔化，會流動，會滴落，能裝飾花邊、河灣、森林，誰說黃金不能是薰香的一種呢？我們對氣味的認識有多深？人們只會說好香或者好臭，沒別的了。說到底，我們對芳香與惡臭的認識，比起對善與惡的了解，並未深入多少。人生體驗僅是從一種無知躍至另一種無知，就像是蟾蜍。草壁呀，我們就是蟾蜍。現在，你聽著：調製拱橋和霧團的薰香呢，特別要注意兩團霧的區別，天皇談及兩團霧的語氣並不相同。你快去跟那位帶著鯉魚的女人說我等著她。夜漸深，氣溫會越來越冷，雪將變成冰，這女人呀，草壁，你得扶著她的手臂，免得她滑跤了，而後你領她到我家裡，不管幾點，都會有四盞燈等著你們。」

17

簾子卷起的室內，一排屏風隔出了私密空間，睡意正濃的渡邊歇在一塊綠底飾有黑色和藍色格紋的布巾上。雪停了，天空無雲。曙光乍現，投影在窗櫺上的樹影也因天光而顯得蒼白。矮桌上的燒酒已冷卻，先前端上燒酒的年輕侍女也在同一塊地板上睡去。

草壁很困惑，他不喜歡介入上司的私人空間。隨著年紀漸長，從前極度靦腆的渡邊逐漸不再害臊。並不是暴露狂，而是近似自我否定。他的心神逐漸從生氣勃勃的世界隱退，儘管依舊身處其中，也還是從中獲得樂趣，例如看著睡著的侍女。他只是效法退位的天皇，急著將權位讓給兒子，自此遁隱佛寺，不必再面對叛亂、謀反和野心份子，卻還能繼續發揮影響力，讓時代之輪留下自己的印記，卻不必承擔任何後果。

草壁搖醒睡眼惺忪的侍女。

「喂，起來了！把火缽點燃，屋裡好冷。如果渡邊大人生病，我唯妳是問！」

侍女立刻驚醒，接連鞠躬道歉，並匆匆忙忙闔著衣襬倒退著出去。

「吵嚷什麼呢?鯉魚婦人已經到了?」渡邊用手肘撐起身子問道。

草壁伸手壓著朝向布巾走去的美雪肩膀。一確認美雪到了,渡邊便對美雪失去了興趣,轉身試著站起,這讓他身體疼痛不已。

「草壁啊,你製好薰香了嗎?」渡邊問道。

「就在這裡,大人。」草壁拿出兩個絲質小袋子。「此時天候潮濕,但在賽香開始之前必定還有時間乾燥。它將會接連散發出兩種不同的香味。第一種味道是溫暖且帶有果香的甜味,但基底乾燥,近乎塵土,像是年輕女子從其中探出頭來的淡淡雲朵——那不是霧,反而讓人聯想到在陽光下蒸發的土地,一片沉重的地土,上頭開滿了醉人的大朵紅花……」

「你是說,那種源自中國的花嗎?」渡邊嘟著嘴打斷他。就像大多數平安京裡的人,他早已不信來自中國的事物都比平安京裡的好。

「比中國還遙遠呢,大人。」

「得了吧,有什麼能比中國還遙遠呢?」

「我不知道遙遠國度的名字,或許有數不清的國度,但海的另一邊必定有著什麼。」

「好像有人這樣說，但事實上卻沒人真的去過那些地方。所以你認為這位我們想像中的女子，或許正是從那邊來的嗎？」

草壁表示自己也不清楚，這得取決於於天皇，畢竟是二條天皇想像出了兩團迷霧之間的年輕女子。

渡邊鬆開他倚靠著、壓到開始痠麻的前臂。

「你剛提到會散發出兩種味道？」

「第二種會是潮濕而清新、如雨水的味道，對比著第一種散發出的太陽氣息。我搗碎了香條、香粉、香脂、香膠、搓揉過的氣味濃烈的長春藤樹葉，以及雨後的灌木。」

「那麼橋呢？」

草壁昂首，他可是徹夜思索如何喻現天皇夢中的橋的香氣呢。

「木橋，沒有釘子，只有繩子，帶著某種延展性。人們過橋時，它肯定就像一張跳板一樣凹陷復又彈起。我會用松柏樹脂、焚木、大麻、馬糞的味道來呈現，因為我猜曾有數不清的英勇騎兵行經此橋，旗幟在風中飄揚。」

渡邊同意草壁的觀點，而天皇應該也會認同他們。

至於他，如同早就講定的，專注在年輕女子的部分。這女子應該青春洋溢、嬌小卻很有勇氣，衣衫襤褸，骯髒卻優雅，一個尚可入眼的邋遢女，甚至還有些姿色，才能讓二條天皇產生一些想像（不管是不是天皇，十五歲的男孩對女人的臉蛋通常頗具品味），不過不知道被什麼給弄髒了，讓她從頭到腳都隱隱散發出臭味。

起初他認為沒有任何薰香能夠展現這種短暫卻栩栩如生的氣味，因為就算製香人再怎麼致力於渲染香爐中迴旋冉升的藍灰色煙絲作為生命的伴奏，像是以氣味去描述或比喻生命，這些煙絲終究不會是生命本身。

正是直到美雪的一滴唾液落在渡邊的唇上時，他憶起了那帶有石膏和蜂蜜的濃郁甜膩香氣。

「女人，」他轉向美雪說，「妳的村子與園池司所簽訂的合約明定，為了捕捉及運送二十尾鯉魚到皇城御池，來回路程的旅費補償……」

「報酬呢，」草壁接著補充，「高達一百匹塔夫綢布。但妳只帶了八尾魚，其中六尾我們還不是很滿意，比起從前妳村裡送來的鯉魚……」

「不是我村裡送來的，」美雪打斷他，「是我丈夫送來的。是勝郎，要給園池司的鯉魚每次都是由他親自捕捉、挑選、運送。」

「不管怎樣，妳只完成了合約的一部分。我家大人，渡邊名草司長，認為園池司只要按照妳提供的比例發放報酬即可，也就是說，將會給妳一紙寫明將報酬改為二十匹塔夫綢布的信函，而非如原本說的一百匹。二十匹，對妳帶來的魚來說，已經是很好的價錢了。」

草壁閉口不再言，眼睛直直瞪著美雪，準備好要回應她可能的無理反應。

渡邊同樣盯著美雪，只不過是為了另一個緣由：渡邊猜測她不會反抗，可是覺得她會哭。美雪還這麼年輕，雖然她大概也已經到了死去不會有人覺得惋惜的年紀。她看起來如此疲憊，如此精疲力盡，與她生長的故鄉如此疏離。

這或許將是他綿長的生命之中，最後一次見到（或使得）一名女子哭泣了，不過渡邊並非貪看美雪的慌亂不安才如此固執地盯著她看：事實上，是因為屋裡太冷，讓他好奇若是美雪流下眼淚，淚水會不會在她的臉頰上結凍。

如果禮儀司副長六戶部剛義所說的可信，這可真是個令人難以忘懷的奇觀。據說他曾經看過一次這樣的事。有個女人抱著一隻穿著衣服的小猴子，沿著淀川河岸行走，小猴兒就像她兒子似的，女人好像叫什麼村岡吧。那是個冬天的晚上，非常冷，運河壁磚都結了一層冰，非常清澈的冰，透明到看不見冰，只看得見冰所包覆的礫石。沒留心的村岡滑倒了，手鬆開了她的猴兒，猴子跌入了河裡被水流帶走，徒留牠原本套上的衣物，後來成了牠的裹屍布。絕望攫獲了試圖救回猴兒的村岡，就在這個時候，禮儀司副長覺得他看見這女人留下的眼淚在她臉上凝結，漸漸成了水晶般的結晶碎片。

不過，渡邊對這種可能性抱持懷疑，因為眼淚從雙眼湧流出來時是溫熱的，不太可能在流下臉頰如此短暫的時間內冷卻至此。

一段時間後，渡邊確定美雪不會哭了，自己也沒有機會見證那讓禮儀司副長大為驚豔的現象了。

於是他靠近美雪，趁機嗅聞從她嬌小身軀散發出的氣味（自己所製作的薰香成功與否，取決於此時吸取的這幾口氣味），輕柔地對她說：「有件對我極為重要的事情，若妳願意在此事上助我一臂之力，我就不扣除那八十匹布。甚至，如果園池司對妳滿意的話，妳不只會收到原本說好的一百匹布，妳還將收到兩倍的數量。」

「什麼？」草壁渾身顫抖。「您要給她兩百匹布？」

「那麼我該怎麼做呢？」美雪問道。

「在。」

「在？」

「在，做妳自己，是的，在一個妳從沒想過有天會被允許進入的地方，我會將妳引介進去，噢，妳必定會大為驚嘆的，一定會！」

美雪暗忖渡邊說的「在」是什麼意思，接著她所有的女性懷疑、所有的貧瘠粗野都回來了。「存在」，不就是對所有生物、甚至是某種條件下的所有無生物而言，都最自然的狀態嗎？從什麼時候開始，這竟然值起兩百匹塔夫綢布了？

「所以呢，」渡邊繼續說道，「妳只需要在，完整地在，徹底地在，但也只是單純地在——這樣妳懂嗎？」

「不是很懂，司長大人……」

渡邊慢慢地點頭，發出一聲長長的咕噥。他這模樣讓美雪忍不住想起有時候在島江高山上會遇到甫自冬眠甦醒的黑熊。

「到時候無論如何，千萬別讓妳的木屐發出喀拉喀拉的聲音，那非常沒禮貌。我會建議妳赤腳前往，不過這場雪下個不停，我也擔心地面會太冰冷，所以你最好穿著草鞋。草鞋能讓你的腳步無聲，悄然無息，在妳垂墜的十二單之下也看不見。」

「在我……抱歉，司長大人，在我的什麼？」

「十二單，被允許上殿的女子所穿之華服，由十二件絲綢衣裳層層疊加。如何挑選每層衣裳的顏色可是門藝術，得符合身分地位，還要展現高貴女士的好品味。草壁先生會去接妳，在路途中他會向妳解釋，並將妳領至我等待妳的地方。不是明天，是後天。所以我建議妳這段時間潛心準備迎接這重大的日子。就算屆時妳身體發抖、臉頰紅燙、雙眼灼熱，妳都得在，都得繼續做自己。」

「什麼東西會讓我雙眼灼熱呢，司長大人？」

「在妳四周爭奇鬥艷的薰香，會讓妳的肺吸得飽飽的。小心哪，天草美雪，只有妳的肺部能吸，妳的身子可不能沾上薰香！欸，欸，眼睛別瞪得那麼大。妳要知道，宮中仕女在行進之間便是這般留下她們的香氣。她們點燃薰香爐，爐上罩著竹籃，再將衣衫披於其上，於是衣裳便飽吸異香。還不僅如此，睡覺時她們會將長髮披散於白瓷伏籠上方，伏籠裡頭燃著薰香之火。甚至還有更下流、不知羞恥、不擇手段的女子，為了讓屁股、陰毛、私處都香香的，她們在薰香爐上方張開雙腿，外陰部門戶大開。但妳呢，不，噢不，妳可別屈服於薰香色氣的誘惑，莫擦脂抹粉、莫喬裝打扮，切莫掩蓋妳身上發出的氣味，就算妳害怕——或許妳應該怕，妳的確是該怕——妳的氣味將使人感到嫌惡……」

美雪非常吃驚，為什麼園池司司長會不希望她聞起來香香的？尤其令人困惑的是，渡邊司長自己還多次嫌她身上發出臭味而背過身去呢。但這對美雪而言，正好。摸過屍體，跋涉過汙穢之路，又在淤泥間打滾過，她自知全身發臭，皮膚褶皺凹陷處藏汙納垢，身體髒兮兮。美雪嘆了口氣，目光低垂，額頭朝下，說道：「司長大人，我很臭嗎？」

「是的，」渡邊肯定地說。「可憐的女孩，我只能這麼說了。」

第一次，渡邊注視著美雪的目光充滿溫柔。

「不過，美妙誘人的氣味或是討人厭的氣味都不能反映出一個人的真實，」渡邊繼續說道。「氣味只代表了一種展現予人的形象。」

「既然如此，應盡量展現不讓人討厭的樣子。」草壁回道。

「你為什麼這麼說呢？看看這個女人。」

草壁瞇著眼，像是為了觀察一隻正從荷葉背面爬向正面的昆蟲。

「我盯著她看了，大人。呃，請問，我應該從中觀察出什麼呢？」

「你不覺得她美嗎？」

草壁左右搖擺了一下，當他重心在右腳時，他試圖回答司長的問題；可當他重心移至左腳，又覺得大人在開他玩笑。

「美？天草美雪可以被稱之為美嗎？」草壁喃喃重複道。

儘管他話中的語調充滿懷疑，草壁這番沒禮貌的話還是讓美雪笑了出來，甚至忘了要以手掩嘴，而將自己死白的牙齒暴露在渡邊與草壁面前。

「毫無疑問。」司長肯定地說。「而若說天草美雪美，那也就是說她身上散發的味道也很美，或者說，也是好的味道；就像水果的外皮，我們剝下這層薄膜，因為在我們眼中它是髒的，歷經過風吹、雨打、光照，在船上受壓傷，在籃裡長斑點，被觸摸、嗅聞、掂量，經受過東市與西市買家指頭的揉捏。草壁，你知道天草美雪聞起來是怎樣嗎？仔細想想！只消用真實的味道取代好聞的味道就行了。懂了嗎？你現在明白為什麼園池司要給她兩百匹塔夫綢布了嗎？我知道你覺得這數量非常荒謬，不過我還是現在的園池司司長；而如果我垂垂老矣的手還能從中做些什麼的話，甚至會給她三百匹或是更多的塔夫綢布。草壁呀，答案呢，就是天草美雪聞起來有生命的味道，她身上所有的孔竅都在呼出生命。如果你也相信活了六百年、並曾在有生之年細數過女人身上孔竅的龍樹上師的話，生命會自肌膚上的九個孔隙分泌、滲出並流洩出來。草壁呀，來自遙遠、鮮為人知的（至少對我而言）島江村的天草美雪，很可能正是天皇所夢見、穿越過兩團迷霧之中的那位女子。」

這時，草壁用另一種目光看向美雪。

18

雖然長三十公尺寬二十五公尺的紫宸殿是最大的宮殿之一，其門扉卻只在盛大莊嚴的祭典才敞開，像是即位典禮或是葬儀，不過此殿無論如何也不可能容納得下京城裡所有的居民。

即便眾人不滿，天皇仍決定將薰物合舉辦在較為樸素的清涼殿大廳，毗鄰天皇的寢宮，裡頭還有舉行參拜的聖堂。

選擇此廳有兩項主要好處：一者因二條天皇還未脫青春期的羞怯，在家中覺得自在許多；二者，比起敞開的偌大空間如紫宸殿，香氣在相對小的空間內不易散溢，能夠留存更久。

因為如此，只有少數人能獲得殊榮參與二條天皇第一次舉行的薰物合，但它所激起的熱潮卻不亞於平安京內十三萬人最關注的弓道及和歌競賽。有些信使會在衣著沾上比賽的薰香後，急忙趕到皇宮主門，通知雇用他們的人當下的比賽情形，搧搧袖子，讓人們聞香，想像高官貴人的比賽，下注打賭何種配方的製香能夠勝出。

¶

比賽於未時中段開始，預計一直持續到日落結束，因為點燃燈燭所散發的味道可能會影響從香爐中飄出的純粹薰香。

所有參賽者，包括可能即將高昇至皇后的僖子公主在內，都坐在矮凳子上，在一個高及腰部的銅製香爐周圍圍成一個半圓，香爐上的雕飾述說著渡邊綱在羅城門殺死了惡魔的傳奇故事。

面向南方，一座檜木座檯承受著御座的重量，素雅的黑漆扶手椅，上頭有個三角形的華蓋，也漆成黑色，框緣是鮮紅色，鑲嵌著鏡面和寶石。

儲放薰香、依然封著的木盒（天皇的木盒漆成金色，上面滿是精緻的珍珠鏤刻，要價不斐，值幾千匹布）就放在矮桌上，挨著參賽者的座位。

大雪從打開的窗戶紛紛飛入，打在屏風、拉門與由畫工司兩位畫師所彩繪的屏幕上。從前，彩繪的工作是由十多位畫師共同完成的，但後來費用大幅減少，都改撥給了兵部司。

依據渡邊的指示，草壁讓美雪站在靠近窗戶的位置。不過除了空氣的冰寒，美雪正被約二十公斤的十二單壓得喘不過氣。她這身被稱作「雷楓紅」的衣著顏色是由園池司司長親自挑選的，包括第一層作為襯衣的白絲綢，和上面再套著的十一層色彩逐漸鮮明、幾乎都是各種天然紅色的衣裳，從秋天楓葉的鮮紅、李花的粉紅色，到雄鹿最喜歡的胡枝子花葉的深紫色。

一開始，美雪對層層顏色華美、觸感柔美的衣服深感迷醉，幾乎不敢讓自己太粗的皮膚輕輕碰到這柔軟得不可思議的布料。

「女人，」草壁說，「通常穿十二單需要兩名侍女協助，但這裡只有妳和我，所以，我來幫妳吧。」

草壁拿了第一層衣裳給美雪看，全白的單衣。

「來吧，把妳那可笑的破舊衣服給脫下，穿上這件。」

雙手捂著胸口的美雪猶豫著。「但為什麼呀，草壁先生，為什麼？我何德何能可以穿上這麼美麗的華服？」

「妳是怎樣的人一點都不重要。女人，我告訴妳，我們對妳知道的越少，妳越能順利完成渡邊大人交付給妳的任務……」

美雪想要再問一次這個任務到底是什麼，但是套到她身上的單衣遮住了她的嘴。她在白絲綢裡喃喃自語，沒人聽得見她的聲音。

草壁把接下來要穿上的其他幾件單衣也拿給她看。

「今晚穿的所有衣裳都是額外的報酬，妳可以把它們通通帶回島江。」

在經藏沒有鏡子，美雪只能從草壁發光的眼中猜測穿上十二單的她如何變成了一個全新的人。

從她脖子下方一直延伸到腳踝的長辮子，由頭頂上的髮髻維繫平衡；臉上撲著的白粉，只為小嘴留下微微開口；塗黑的牙齒（終於！），以及紅花油滋潤過的雙唇；最後，一把柏木片製成的扇子，上頭繪有湍急河流、竹林和石子，完成了美雪的蛻變。

「女人，」草壁傾身對美雪說，「妳將給渡邊大人帶來極大的榮耀。」

美雪沒有回話。勝郎會喜歡他們對她所做的這一切嗎？她很懷疑。不過這奇異的蛻變並不持久，更不可能再來一次，因為美雪很快就要離開平安京了，她也無法想像自己能將這十二件衣裳組成的十二單帶回島江，畢竟光是想帶回渡邊大人承諾給她的幾百匹布，還有他同意要給她的糧票、銅錢等其它報酬，就已經很不容易了。

車子靜靜地停在西寺佛塔邊，雪深淹沒車輪，這身衣衫沉重到草壁得扶持美雪上車。

美雪不知道草壁要把她載到哪去，也不知道渡邊司長等著她做什麼，但她決定要表現出非常溫順的樣子。

若是勝郎沒死，他會在草川沿岸取不少的黏土，捏出盛開的牡丹花，放在月光下（乾燥的效果比陽光更好），直到花瓣變得又乾又硬，然後他會把花放進鋪了一層蕨草的盒子裡，在他運送鯉魚進京時送給渡邊大人，感謝園池司對自己妻子的照顧。

但是勝郎已經告別紅塵前往西方極樂世界了，他再也不會回來用紅土做出牡丹花，因此思索如何感謝渡邊大人和草壁先生的責任便落到了美雪身上，而她想到的是獻上全然的順服。

進入皇城的十四道門大部分都有門檻，禁止車輛進入。但是草壁的車可以毫無阻礙地進入開放給位階高者的座車自由進出的天意門。

然而，一駛過門，車子便被攔下來卸除軛套，因為拉車的牲口被禁止進入內殿的行道，避免天皇看見動物糞便，得獨處進行自我淨化數日；薰物合即將到來，二條天皇有比把自己關在內殿中更為重要的事做。

待牲口被牽走，僕役便接過車柄，徒手將沉重的座車拉至清涼殿。

莊嚴簡樸的建築風格，與高舉著在風中飄揚的直條窄長旗幟的儀隊侍衛，形成鮮明對比。

看到軍隊的莊嚴、衛兵臉部護具下炯炯有神的凶惡雙眼、鎧甲上剛形成的冰、惡煞外表之下熱燙的身軀，美雪終於明白為何草壁要將自己打扮成如此了：他要將自己帶到天皇面前。

美雪覺得害怕，雙眼噙著淚水。

「女人，別哭，我可沒巾帕能幫妳擦臉，也不可能用手指拭去妳臉頰上的淚水，那會弄壞妳的妝容。妳在天皇面前可得呈現完美的狀態。」

不過美雪並不完美，噢不，就算勝郎一直誇讚她，她一直都知道自己並不完美。她不是傻子，勝郎娶自己並不是因為她的美德，而是因為勝郎夢寐以求能夠捕捉鯉魚又不傷害鯉魚的柔軟魚網，因為他注意到美雪的手指非常靈巧，能用柳條織出他要的網子。再之後，如此細長靈巧的手指在做愛時更擅於愛撫，這讓勝郎最喜歡在美雪自慰的時候突然抱住她，就像一頭熊覓得蜂蜜，又舔又吸美雪自慰高潮後的濕潤手指，它們如此纖長、如此多汁可口，勝郎會把粉紅手指收成一小束，並假裝把它們從手指到手腕整個吞下。

美雪更不完美之處在於她對自己散發的氣味完全沒有察覺，或是再也無法察覺了。她在淀川的愛船上被當成遊女時曾受園池司司長嫌惡，最近司長又嗅了嗅她的氣味，並用煮過頭的米、遺留在大雨中的廁紙以及鳥屍的味道來與之相比。

然而，雖然她與完美差得很遠（再加上剛才注意到前往平安京的路途讓她的腳底都裂了，扁擔壓出她肩上兩道瘀青，也讓她的手變形了，惡劣的天氣更讓她的肌膚滲出染上血色的汗滴、嘴唇皸裂），渡邊大人和草壁先生還是惡劣地想要美雪站在與她完全相反、全國上下所有人都公認完美的人身邊。

清涼殿的滑門開啟，草壁微微施力，將美雪推向前。

一般只有少數貴族或者受天皇邀請的人才擁有登殿特權的清涼殿上，現在擠滿了女人，她們都與美雪同樣被華麗厚重的層層衣裳給壓著，跪坐在地上，彷彿一群色彩斑斕的蝴蝶。

離御座稍遠，幾位樂手端坐高台上演奏邦樂，兩名鼓手交替著用鼓槌敲打一面飾有龍紋的大鼓。

伴隨著鼓聲的是美雪的啜泣，她咬著十二單衣的袖子，透過嘴裡塞滿袖布來壓抑啜泣聲。隨著層層單衣向前的慣性力，美雪在跌落地上的蝴蝶間前進，直到草壁拉住她的衣服下襬，把她推向一個隔牆，定在火盆與敞開的窗戶中間。雪花時不時會從敞開的窗戶打進來。

「女人，」他小聲叫喚，「在這裡別動，別讓人注意到妳。時候到了我再告訴妳，讓妳混入人群。」

為了公開表示對僖子公主的欣賞，天皇請她第一個展現她為橋上女子的比賽主題所製的薰香。這是天大的恩賜，畢竟空間中還未沾染任何其他氣味，可以完全展現她的薰香。

倍子公主準備的木盒內有幾個極為精緻的小瓷瓶，呈現半透明的顏色，裡頭裝滿了蘆薈、丁香、纈草、阿拉伯乳香、肉桂，以及帶有淡淡薄荷味的藿香，彰顯著倍子公主的青春且優雅。

雖然她調製的香清新好聞，可惜並不怎麼別出心裁，三位評審都認為需要非常多的想像力才能在公主的薰香中解讀出女子、霧氣和拱橋的意象。

不過，在天皇的特別關照之下，倍子公主還是獲得了超乎她所配得到的讚賞。

接下來，換天皇向在場眾人展現他自己調製的薰香了。雖然題目是二條天皇出的，但他承認自己也只成功呈現出了故事的一部分。

他對代表兩團霧氣的香氛還算滿意（天皇運用李花香氣來調和其中一團霧氣，李花香以與後世的薄霧相似而聞名），並指望以某種木質香味來喚起拱橋。他巧妙地運用海藻作為基底，增添一點「冷調」，暗示月亮的冰冷和橋下的流水。

但是他沒能成功表現出年輕女子移動中的輪廓，她的木屐使得拱橋如大鼓般回響。事實上，到了最後他已經完全放棄了對它的描繪，以安神助眠、令人放鬆到幾乎入夢的薰香湊合。如夢似幻的感覺搭配上詩歌的吟唱，或許能夠讓人想像橋上女子的風景吧。伴隨氤氳繚繞的薰香傳出天皇還沒變聲完的聲音：

從片品川
大橋之上
穿著一襲胭脂紅
與靛山藍
的印花衣裳
獨自
路過的女子，可已有良配
抑或將獨眠？
我想問她

美雪完全被迷住了。從一開始，她就沉浸在既繁複又醉人的香氣之中，濃密的煙霧繾捲讓她感覺幾乎可以將之吞下、在口中捲動，這香氣比起積在屋頂的草藥氣息美味許多；而每當目光對上年輕天皇的雙眼，美雪就感覺到一陣溫熱，因為這時的二條天皇，特別是他的臉，正處於男人與男孩融合的感人階段，彷彿即將自樹上落下的櫻花，給人一種在光芒中飛翔的感覺，儘管花兒在落地之後，不一會兒就會變得枯黃且遭人踐踏。

雖然勝郎外貌並不出眾，甚至可說長得有點醜，但美雪越是端詳天皇的完美樣貌，越是難過勝郎已經不在了。他經常到河邊捕魚，而為了在急流中站穩，他的雙腳向外分得很開，四肢彎曲如弧形，像一個騎兵。在熾熱陽光的照射和冬天冰水的嚙噬之下，勝郎的皮膚變得黝黑，臉上被刻出皺紋，下背和單肩疼痛，總微微駝背向前跛行，膝蓋也抬不高，但是他的雙眼依然炯炯有神，如鳥兒般靈活而憂愁，與武士那種異常堅定不動的凝視眼神非常不同——若是看見他們在馬背上打瞌睡，用勝郎的話說，根本無法分辨他們是死是活。

「你的眼睛為何憂傷？」美雪曾經問他。

「當然是為妳憂愁，怕上岸後找不到妳，或是妳受傷了、生病了，不知道。就從早上到晚上之間有可能發生在所愛的人身上的一切事情。」

現在，勝郎再也沒有鳥兒般靈動的雙眼了；勝郎的眼眶現在空空如也。

在天皇之後，下一位輪到征夷大將軍展現他的版本。

他所調製代表霧氣的薰香表現中等，著實嗆鼻，甚至讓幾位女子輕咳起來，不夠有深度變化，而比喻麻繩與大釘子固定的粗糙木橋的香氣又相對過甜。他的霧中女子似乎轉瞬即逝，將軍試圖皺了皺鼻子、轉了轉眼珠，做出追隨著女子過橋之狀，然而這香氣如同這女子，完全沒留下任何痕跡。

一待扇子搧掉了將軍調製的香氣，右大臣時守博士便跪坐在香爐前面開始展示他調製的薰香。

雖說他所調製的香氣相對較符合故事情境，但香氣的運行則令人不敢恭維：一般而言，薰香都呈迴旋狀冉冉而上，他的香卻不甚雅觀，如一條細長的灰蛇輕搖著尾巴，必須緊貼著這條蛇尾嗅聞才能聞得到它的氣味。

在右大臣之後上場的是北巡查使忠信大人和刑部省大人。兩人做得都還不錯，但也僅此而已。

事實上，讓所有人傷透腦筋的正是如何運用香氣詮釋天皇故事中的年輕女子。唯有天皇靠著朗誦詩歌伴隨薰香，才稍微接近，但這其實已違反了薰物合的比賽規則。因為是天皇，這種犯規或許可被容許，儘管裁判的臉色有些嚴峻與微慍，讓人猜不出他們的想法。

結果稍後才會出爐。此時，三位裁判向園池司司長鞠躬，暗示輪到他了，待他準備好便可開始。

渡邊小心地靠近，彷彿每一個關節動作對他而言都是痛苦的試煉——事實上也是如此。他將好幾個裝著不同香氛鵝卵石的小絲袋聚攏，解開袋口絲線，上頭還綁著植物樣本，說明袋內的香氣。

接著，他用夾子夾了幾個小塊的無味木炭擺進焚香爐，它們本來被放在旁邊的小容器內，已經燒成灰色。

在渡邊緩慢而精準地進行每一個動作時，草壁來到站在火鉢附近的美雪身邊。

「女人，」他小小聲地說，「時候到了。請好好看著渡邊大人，一刻也別放鬆。等他的目光與妳相接，他一看妳，妳就走向他。他希望妳做的事就是走去與他相遇，不慌不忙，慢慢走進定著不動的人群，她們會大口吸著大人燒的薰香。長時間保持不動而身體麻木，上的妝也讓她們臉都僵了，因此不是所有人都會起身讓妳走過去。不過別擔心，別停下來，也不要想把她們推開，只要慢慢過去，什麼都別管就行了。十二單會讓你看不清楚前方，但相信我，她們都跪坐著，有些人看起來像躺著，她們可能是睡著了，畢竟宮中的生活可比我們以為的還要累人，不過別擔心她們，只管跨過她們，從她們上方穿過去，讓妳輕輕撩起的十二單下擺像是絲質毛筆般地掠過她們、撫過她們、擦過她們、輕觸她們。差別只在於這筆觸不在她們身上畫下色彩，而是留下香氛的痕跡：穿越過兩團霧之間的年輕女子的氣味。」

邊叮嚀著美雪，草壁微微露出擔憂。

「妳會照著我說的去做吧，女人？」

「當然。」

此時換美雪看著他，不懂為何草壁如此堅持。他到底在怕什麼？就算房間擠滿了打扮雍容華貴、行動不易的女子，從這頭走到另一頭並非太困難的事。

身為小人物，加上不認識任何人，美雪穿越人群時不會引起任何注意，這群無精打采的貴婦將會微微散開又再度連成一片，如同小船駛過的河面。

美雪開始步離她正倚靠的隔牆。

她才走了幾步路，草壁就發現美雪穿的十二單右邊袖子似乎比較輕盈、具有流動感，因為接觸了火缽的熱氣；反之，左邊袖子相對僵硬，因為暴露在敞開窗戶帶進來的寒風之中。

當下，草壁心想，這女人經過火缽熱氣燻蒸的那側身子的氣味應該更容易散發，更能在層層單衣縫隙之間自由地流動。

天皇的御座位在美雪左方，也就是會在她身子寒冷的那側，草壁立刻在美雪的肩膀推了一下改變她的行進方向。順服著草壁先前命令的美雪繼續小碎步走向冒著藍色煙霧的薰香爐，渡邊在裡頭的火炭上撒了事先在手中捏碎的微量薰香。

美雪努力不讓自己穿的木屐發出聲音，小心翼翼地走，直到美雪已在貴婦們的上頭，她們才發現她的存在。確實是在上頭，因為為了要穿越這群貴婦又不推開她們，美雪只能跨過她們，身上厚厚的十二層單衣也就落在她們身上，然後緩慢而緊貼著她們身體曲線滑過她們的身軀和臉部。

經過十二單氣味的輕柔撫觸，蝶群般的宮廷貴婦此起彼落地討論起她們聞到的這股異香。沒有人想到這氣味來自美雪，她們從不質疑從皇帝口中說出的任何話，沉浸在二條天皇夢境裡的故事，以為自己吸進的都是園池司長的薰香，代表著想像中的年輕女子碎步穿過兩片霧團的氣味足跡。

至於身體方才經歷的撫觸，儘管認為美雪的衣裙掃過她們的臉有些侮辱人，但如果真要怪罪的話，也只能怪沒有顧慮到清涼殿上有限的空間，發出的過多邀請函。

總之，她們沒開口批評美雪，因為這個沒人在茶館、女子舞蹈館、縫紉室或神聖爐火之地遇見過的平安京新人，很可能是高麗國或者中國大使獻給天皇的其中一位柔軟有度的小女子，因為他已經厭倦了鬥魚、鸕鶿和鸚鵡了；而想當然了，詆毀獻給二條天皇的禮物可是不恰當的舉動。

「在天皇的故事裡，拂過女子的那陣風，有好多令人驚奇的氣味呀！」美雪剛剛擦過其身的其中一隻蝴蝶說道。「她的幻影快速掠過，我可能搞錯了，但我好像聞到灌木叢、林中小徑和雨後青苔的香氣。」

「還有潮濕的糞便，那氣味有些薰眼。」第二隻蝴蝶說道，這隻主要穿著橘色的服飾。

「被風吹起的乾糞便不是更薰眼嗎？」另一隻年紀較長、全身疊穿著不同深淺的藍色單衣的蝴蝶說。

「我能確定的是，這女子的味道比起綿羊更像濕潤的鰻魚，這讓我覺得她穿過拱橋之前的那團霧氣不是中國的霧，而是韓國的霧。我之前觀察過，中國的東西總會散發一股汗臭味，那是從公羊身上來的，這個國家滿滿的都是公羊，每走一步路就會遇上一隻。」

「我呢，」另一位身著翡翠綠與土耳其藍、口氣裡發出膽汁臭味的蝴蝶悄聲說，「我起初還以為聞到了嘔吐味呢！那種令人受不了的臭味讓我聯想到淤泥，而且是沉積在水底的淤泥。所以呢，我在想，天皇以為他夢見的年輕女子，會不會其實是一隻河童？」

「天皇絕不可能夢見那可怕又醜陋的水怪的！」

「有時候生物會脫離牠們的造物主自行存在，」一位身著檸檬黃的蝴蝶女士說道，「我現在聞著這氣味，無法確定那女子是否真如天皇所描繪的那樣纖弱與純潔，我好像聞到了……嗯，我覺得有點像是……一股模糊的……模糊的尿味，不是嗎？」

「總之，這是第一次有薰香的氣味聞起來這麼接近真實的生命。」

「還有死亡，人們從鳥邊野回來時，身上會帶著的就是這股臭味。」

閒聊最終便以這個位於山丘側翼、用來棄置屍體讓狗啃噬的古老亂葬崗劃下句點。之後，人們只聽見木地板上美雪木屐的聲音迴盪，以及薰香燃燒時微微的劈啪作響。

美雪對人們因她而起的議論渾然不覺，還以為她們談論形容的是天皇夢中幽靈般的女子。她繼續往前走，穿過清涼殿裡仍跪著不動的女士們，低聲說著「失禮了，失禮了」，這是草壁教她在即將對他人不禮貌時得說的致歉辭。

在不停地將薰香弄成小碎塊之餘，渡邊的視線從沒離開過美雪。等看見她走近御座基台，他向美雪打了個暗號示意她千萬別閃躲，必須要在合乎禮節的範圍內盡量近身擦過天皇。

園池司司長搧動手中硬挺的團扇，使勁將香爐散發的裊裊香煙匯聚到華蓋下方，但正當美雪快走到那兒時，一名內侍的腳滑進美雪穿的十二單衣底下，勾住了美雪的腳踝，讓她硬生生跌向天皇腳邊。

又驚又羞，美雪想趕緊起身，無奈因為身上又重又厚的層層衣裳，使她只能像隻被頑皮小鬼給翻過身來的烏龜般手足無措地掙扎。

意識到她無法自己重新站起，渡邊趕緊在炭火上弄碎最後一塊薰香屑。

「她走過橋了，」他大聲宣布，「現在是另一團霧，年輕女子疾行前往的第二團霧。」

甫燃燒產生的新薰香非常清新，讓人吸著便覺彷彿走進了一場毛毛細雨之中，或者是踏入了瀑布外的雨霧。

「沒錯，沒錯，」三名評審中首先有一位喊著，同時在椅子上動來動去，「正是如此，確實成功！有人的味道，人的味道！」

「秋風拂過那看不見、捉不住的女子蹤跡，清新芬芳，聞起來彷彿過熟的柿子、淋了蜜的沙梨，還有別種難以言喻的東西。我會永遠記得這陣風！」第二位評審更是激賞，猛點著頭，尋求著兩位同伴的認同眼神。「您就是贏家，渡邊司長，噢，肯定該由您獲勝！」

「本次薰物合，亦即保元年間首次的薰物合，吾等宣告優勝者為渡邊名草。」第三位評審莊嚴地宣布。

園池司司長震驚不已，趕緊以袖掩面，遮掩激動落下的淚水；然而淚濕衣袖，眾人都看見了。

他對天皇深深鞠躬，幾乎要碰到天皇的鞋襪。

「這份殊榮臣下謝絕，臣下絕不能領受！但盼評審能修改第一印象，把優勝頒發給唯一應得的對象：二條天皇。」

「不，」天皇說，「這優勝是你的，渡邊司長。你可知，若要余在優勝與夢境成真的震顫之間做出抉擇，余會選擇後者；感謝你讓余夢中的女子走進了現實之中。」

天皇以手勢命令內侍——正好就是絆倒美雪的那一位——搖動團扇，將最後一點薰香之氣搧向御座。渡邊也搖了搖自己的團扇，暗中使勁應對內侍那柄摺扇搧出的微弱之風，以清新好聞的薰香煙霧覆蓋美雪。

明白渡邊大人想要讓自己躲過天皇的眼睛以及疑問，美雪悄悄撤退，蜷曲匍匐，在完美的靜止與寂靜之間隱沒。

「你是如何辦到的，渡邊司長？」天皇問道。「你的霧氣如此美好誘人，尤其是女子消失在其中的第二團霧氣，余試過故知不易，運用熾熱的乾火炭呈現毛毛細雨、詮釋霧氣的潮溼，這完全不合理。你的拱橋也非常成功：儘管這只是場夢，但我們幾乎真能聽到這座橋上迴盪著女子的木屐腳步聲，還聞到了死水與堆積在橋墩邊的枯葉所產生的沼氣。但渡邊司長，最驚人的是她的疾行。余差點要認為她就在我們身邊；在某一個瞬間，余以為她就在這裡，離余這麼近，余可以看著她的雙眼，甚至觸摸到她。請告訴余，到底是什麼樣的薰香配方，讓你煉製焚燃出了這番奇蹟？若說你也是從二條大路那混雜之地找到的，余很難相信。你可願意將這特殊的薰香產地提供給御香堂留存，以作佛事節慶之用？」

「臣下必須坦承，其中最複雜的一味薰香，並非來自於二條大路，亦非來自於御香堂。」

「難道是來自異域？」天皇蹙眉。「可你知道我們已不再遣派使節，也不接待外使：日本得以自足。」

「臣下提到的這一味香來自於主上您所統御的帝國，但是從一個有點偏遠的地區而來，或者說不太為人所知的地區，臣下也從未去過，只曾派遣過信使前往。正是在那兒，臣下發現了這讓主上您認為相當符合您夢中少女的薰香成分。順道一提，那兒也是御池裡頭鯉魚的來源地。」

「想必是一個非常美麗的地區。」天皇沉思道。

「那是島江村，在草川附近。這位是從那兒來的代表。」園池司司長指著從薰香煙霧中出現的美雪說道，她的臉隱藏在還散發著光芒和香氣的十二單之下。

「方才余曾在人群中瞥見她。她像是在找位子，卻始終找不著。是這位女子提供予你這出奇的薰香嗎？」

「是的，主上，是天草美雪帶給我的。至少，最精華的部分是。臣下得承認，第一次聞到這味道時，我還不知道能拿它來做什麼，完全不知道，一點靈感都沒有。

那氣味實在不討喜。大家聞到的過熟柿子、添了蜜的沙梨，都在裡面，但還不只這樣；從某些方面來說，甚至還有些令人噁心倒胃的味道。老實說，連我自己都有些受不了這股氣味。」

「我想她的十二單衣之下還有幾塊這種薰香吧？」僖子公主邊說邊可笑地捏著鼻子，像是要揉軟鼻子後再扭斷似的。

一待天皇回到寢宮，殿上即刻人去樓空。僕人熄了燭火和香爐，掃除溫熱的餘燼和可能釀成火災的煤屑。

渡邊、草壁和美雪是最後離開清涼殿的人。雪停了，但厚厚一層白雪覆蓋了整座建築和廊道。宮牆上夯實的編織裝飾平時閃著素坯的色澤，今夜似乎撲上了一層厚厚的鮮奶油。在迷宮般的宮牆之後某處，傳出一位婦人分娩的慘叫聲，只見許多提著柳條籃子的人影跑向她的居室，籃子裡頭裝滿熱溼布，在黑夜裡冒著煙。這些產婆其實也穿著各式各樣漂亮的服飾，但雪光太過閃亮，使得她們看起來只成了一群騷動的黑螞蟻。

在門廊之前，正七位下的太政官正在訓練三匹上了鞍的白馬，牠們的尾巴與鬃毛綴有發亮的紙，上頭有著毛筆寫下的詩句。

兵馬司太政向渡邊解釋，這些馬都來自專門負責供奉天皇的信濃牧場，那兒的牧草乾燥又新鮮。天皇將這三匹馬贈予園池司司長，為了慶祝司長今晚薰物合的勝利。

太政將三匹馬的韁繩交給渡邊司長，渡邊以右手握住三條韁繩，並將握緊拳頭時會露出指節的韁繩長度調整一致。

「草壁，一匹信濃給你，這是你應得的。選吧。」渡邊將手中的韁繩遞向草壁。

草壁抽出一條韁繩，直到拉直整條繩子，韁繩末端的一匹白馬驚得直起身子，後腿伸直，尾巴不耐地掃著，耳朵緊貼著脖子。

「很好，篤人，」渡邊說，「非常好，命運讓你抽中最美麗、感情最豐富的一匹馬。」

看著草壁連忙堅定而溫柔地安撫著馬脖子的樣子，渡邊暗忖待會入睡前要試著把自己想像成這匹激昂狂熱的馬，讓草壁溫暖的手掌滑過自己全身。

「輪到妳了，女人。」渡邊帶著一抹微笑說道。

這是許久以來的第一次，四十年了吧，也可能是五十年，園池司司長舒展地笑了。直到這場充滿香氣的雪夜以前，渡邊名草的笑一直都僅是微微地牽動嘴角而已。噢，嘴唇閉合連接之處，幾乎連動都沒動！

「抽吧，女人，試試妳的手氣，抽出呼喚著妳的那段韁繩。」渡邊再度說道。「在韁繩另一頭是匹等著與妳一同返家的馬，牠將載著妳、和我之前答應給妳的所有財物回家。」

「不，」美雪說，「我不要馬。我又不會騎馬。」

渡邊看著她，一臉失望，可惜了自己的微笑。雖然那表情比起微笑還更像一副怪相，但若是這等了幾十年才決定露出的表情只換得不快和陰鬱的拒絕，那又有何意義呢？

美雪聳了聳肩。

「我們只看過大人的使者坐在馬上，來村裡命令我們去捕捉河裡最美的魚，然後運送過來。」

司長走近美雪，她趕緊拉開距離，伸出僵直的雙臂。

「別靠這麼近，大人，」她說。「別忘了您討厭我的味道。您厭惡極了，我很清楚。我自己聞不到，可能我真的很臭，畢竟，跟這裏到處都有的味道，那些在人身上、衣服上、甚至在茅房裡頭都有的香味比起來，我真的很臭。希望您別再靠近我了，如果您因為我而感到不舒服，勝郎也不會開心。他會說，您的窘困將是我的恥辱；而他不會希望我受到恥辱的，絕不會。他一直都以我為傲，雖然有時幾乎沒有道理。我們之間的一切，都是從我為他織的魚簍開始的。不過，我其實也沒什麼功勞，那魚簍任誰都可以幫他織。他應該只是覺得我比別的女人好親近而已。」

美雪先走了。儘管木屐有些高度，但雪依然深及腳踝，凍得像火燒般痛。回島江的路上，她會穿上草鞋，以稻草製成的涼鞋比起木屐更能可靠地幫助她攀過紀伊山地，否則，提早來臨的冬季所帶來的嚴寒及冰面很可能讓她滑落萬丈深淵。或許她應該接受渡邊大人贈送的馬？不需要冒險上馬，只要觀察風向，牽著韁繩走在馬的側邊，把馬當成一面活動護牆遮風擋雪就行了。再加上牠還是溫熱的，若是緊貼著馬，應該會更溫暖一些。更別說——這可不是件小事——她還能大聲地跟馬談論死去的丈夫，說她似乎聽到了勝郎的腳步聲，踩踏著冰冷的地面，走在自己身後。

「馬兒，聽，」美雪會對牠說──噢不，不該是「馬兒，聽」，她會給馬兒取個名字，或許叫牠雪徑；這名字可真合適呀。

19

翌日，在卯時接入辰時之際，天還未明，草壁來到屋前接美雪。她已經準備好啟程離去，脫下的十二層絲質衣裳（這些衣服在島江能有什麼用呢？）被美雪懸掛在經藏裡發霉的屏風上，接著她捲起睡墊，坐在上面，就像是坐在門檻上。

草壁苛上有個大包袱，印有皇徽的紅布蓋著一個簍筐。

「這些給你，」他說話的語氣很急促，「這些是妳應得的。或者更精確點說，是我家司長不聽別人意見，決定多賞給妳的。有很多的金子和絲綢，女人，應該遠超過妳的期待。等妳出了平安京，走遠之後再算吧。因為在這，妳很可能還有死亡的危險，至少司長大人這麼覺得。雖然我不這麼想，畢竟，妳知道的，在那樣的年紀，他深受焦慮之苦，那老人家，且大多是毫無來由的焦慮。總之，他要我護送妳到羅城門口。的確，」草壁在將肩上的簍筐放到美雪肩上後繼續說，「這些財物或許真會為你帶來一些危險。不久以前，會有盜賊進入京城的想法還讓人發笑；我們並非認為自己的房門在夜裡堅不可摧，而是無法想像在牆外另一頭熙熙攘攘的人們會有任何壞念頭。」

「牆外另一頭？哪道牆？」

「妳說什麼『哪道牆』？」草壁驚訝地看著美雪。

「因為，」美雪說，「在京城四周，我沒有看到什麼牆。」

草壁迅速地轉身，像是受不了了想結束這段對話。

就在美雪忍不住要道歉的時候，草壁又再次轉過身來——她看起來又髒又窮，儘管背上有個紅色大包袱，應該也不容易引起強盜宵小的覬覦。

「嗯，女人，妳說得對，沒有城牆。三百多年以來，桓武天皇讓平安京成為新皇城，他的子民活得像是在城牆護衛之下，毫無懼怕。如果說大人預見會有危險接近妳，儘管我很懷疑，這時想像中的護城牆確實是無法保護妳的。」

¶

前一晚子時，權中納言左大辨源俊方來到了渡邊跟前。

他帶著以下宣旨：

權大納言藤原顯光，奉天皇旨意，命園池司司長渡邊名草取得調製名香之物材，即仿天皇夢境所擬定之題——年輕女子穿越拱橋行過兩團霧氣轉瞬即逝的蹤跡，渡邊名草完整示現之。為使此香永遠並且唯一屬於二條天皇，責令渡邊名草銷毀此香以及能夠製出此香之物。欽此。

園池司司長為權中納言斟了一盅清酒，並慷慨地送上八片非常柔軟的皮革道謝，那原本是為了幫他最愛的馬匹初春裁製轡頭而購買的。但因為再也沒有足夠的力氣能夠上馬——「衰老似霉斑，爬滿了我全身。」渡邊曾說——就在不久前，他下定決心遠離初春的一切。至於那匹馬，他打算送給草壁當作禮物。渡邊有時會覺得自己就是初春，幻想草壁騎在他肩上，緊張的大腿夾著他的臉，草壁會笑得像個孩子，拉著他的耳朵像是拉著韁繩，而他，渡邊，會跑過沼澤般多水的草原，愉悅地嘶吼並攀過深綠色的丘陵，越過閃著光芒的瀑布。

源俊方離去之後，渡邊又再讀了一次天皇命令他銷毀贏得薰物合的薰香那封宣旨。

不容置疑，年輕自傲的二條天皇必定希望在他統治期間這第一次的薰香競賽可以成為傳奇，未來的天皇或是攝政王、將軍、納言、太政等必將試圖複製這曾火紅宮廷的膾炙人口之香，再現年輕女子穿越兩團綿霧過橋所散發之芳蹤。天皇原本希望留下一點線索，讓後繼者可使奇蹟再現。但天皇很快就發現自己錯了，相反的，應該盡一切努力防止任何人找出這薰香配方，讓所有試圖複製抄襲之人達不到目的。他人越是失敗，越是能顯出二條天皇的成功。

就算未來薰物合所能引發的興致逐漸降低，甚至連宮廷儀式也都不再將其採納，人們仍會記得在平安京的一個雪夜裡，曾有一位高官為了取悅天皇，成功重現了那股無比複雜、無比靈巧、無比動態的年輕女子香氣，那個她的四肢、所有身體部位和她身著的十二層單衣都在不斷攪動、散發著濃烈氣味的年輕女子。

渡邊認同最美麗的事物都會結束。若非如此，李花與櫻花的柔弱怎會如此動人？而他自己甚至還沉醉於最後凋零的花瓣？

「那晚的薰香一點兒都沒剩，」草壁向他保證。「因為太好聞了，當天晚上就全燒光了。」

渡邊現在面臨的問題是天皇這紙命令不僅命他銷毀薰香，還令他一併銷毀所有能製出此香的材料。不過，沒有人會知道渡邊名草運用了天草美雪的體味搭配無上的薰香，才完美地調製出了天皇夢中的意境。

身為園池司司長，渡邊時常會收到各式園藝工具作為禮物。這些包含著刀片、鉗子、尖鋒、鋸齒的工具，渡邊曾毫不猶豫地交給一些經驗不足的園藝師使用，而經過這麼多年的監督工作以後，他很清楚這些工具確實能夠傷人。若清點這些年被剪斷的指頭、劃傷的耳朵，甚至戳瞎的眼睛，必定能寫滿兩卷桑皮紙。

但害得園藝新手斷一兩截手指是一回事，因為天皇毫不考慮任何後果的命令而將一名可憐又手無寸鐵的女子判死，又是另一回事。

現在渡邊接獲此命令，還是得先找草壁商討，畢竟他自己根本沒有足夠的力氣去造成任何人死亡。

相較於將草壁貶低為一樁粗暴謀殺的同謀，渡邊更渴望他能成為自己的愛侶，然而在前方等著他倆的卻不是窗簾上的垂柳剪影（柳樹葉片摩娑的沙沙聲總是讓他聯想到愛撫的快感），而是地獄。在佛教的地獄裡，殺人者將在上刀山地獄受懲罰；而比起執行暗殺的殺手本人，謀殺案的主使者是個更為骯髒且懦弱的角色，除了將在下石壓地獄中被兩塊巨石壓爛及至血肉模糊，最後還得在挖心地獄度過幾千萬年，被蜷曲的指頭不停地摳挖缺乏同情心的心臟（不消說，心臟被手挖出後還會重新長出，為了繼續受刑）。

藉口天氣太冷，渡邊飲畢方才那瓶為權中納言所斟、擱在火缽溫熱灰燼上微溫的清酒。

他眺望著朱雀大路，皚皚白雪之上有兩道走向羅城門的平行足跡。快到羅城門之前，其中一道足跡拐了個彎，走向回頭路。這應該是草壁吧，渡邊心想。另一道應該是美雪留下的，爬上了五道階梯，並在雙層的漆木屋頂之下延續了出去。

自從政局動盪，發生多起激烈的暴動，平安京貴族的幸福生活大受影響，羅城門的屋頂就一直是邊緣人們夜裡的庇難所：無論是鄉下人躲避浪人的劫掠，或是有些浪人、乞丐、殘疾人士、貧苦家庭的棄兒等。這些人吞嚥著這個城市所丟棄的果皮、各種熟食碎屑，但他們還是需要生火來讓這些材料變成真正的食物，也因此，許多油膩、臭兮兮的煙從此處地上裊裊升起，蓄積在早已被炭煙燻黑多時的屋頂和梁柱之下。

襯著帶有微霧的曙光，這些煙灰讓渡邊看不清八根紅色柱子之外的市容。帶著微微的苦惱，渡邊迅速差了一名僕人前往通知草壁有事相商。既然草壁陪美雪走到了羅城門口，他必定知道美雪到底有沒有走出城門。若她已出城，那麼自己根本就不必擔心是否得殺她的問題，光是嚴寒冬夜以及旅途中的各種危險便足以讓她喪命。

在等待的同時，渡邊讓三位女僕替他脫衣、刮鬍、泡澡，並用香噴噴的精油按摩，為了待會兒能讓草壁忘掉島江寡婦身上那令人不太舒服的氣味。

20

隨著森林裡的光線逐漸明亮，美雪猜想自己應該已經離島江很近了。

即便葉子掉落，樹木依然能成蔭，像是未完成的幽暗隧道。秋天的霧氣帶來的濕氣讓樹幹顏色變深，地衣也從米色變成棕色，這黯淡的世界給人一種收縮、緊壓的感覺。天光變得微弱，像是被從樹林所滲出的漆黑給吞噬。森林散發出一種模糊、複雜、混亂、無法穿透的深夜之感。

不過幾個小時後，天色又亮了起來。

儘管在盤根錯節、遍布碎石和枯葉又凹凸不平的土地上行走並非易事，美雪也快走出這片森林了。並非是像陽光穿透了雲層那樣變得逐漸明亮，而是因樹木逐漸稀疏，地面上的植被看來就像越織越鬆的地毯，灌木叢林已被甩到了後頭。

很快就要回到村子裡，美雪應該感到安心才是，畢竟前往平安京以前的她從沒離開過那裏。可是相反的，每走一步，美雪卻越是感到無來由的焦慮，喉嚨像被掐住似的，內心的某處彷彿有一個悲傷的湖泊，而湖面正不斷上升。勝郎的死亡正是這湖的源頭，且依然持續在湖底發酵。雖然偶爾漲到了臨界點，卻從來沒有溢出。而現在正要發生了。

雖然美雪行經的周遭看來與她離開時一模一樣，但有些方面肯定變了：她不記得自己曾越過那尖石遍布的崎嶇陡坡，把草鞋都磨破了，也不記得松樹和其他樹木曾經纏繞地如此緊密，像是被一股蠻力抓緊，將它們扭在一起；她不明白這些像爪子一樣步步進逼的枝條怎麼會橫阻在山路中，島江的村民以前都會特別注意維持這條道路的淨空——但她必須通過這些阻礙，她靠樹根繞過每一處因為冰雪和泥漿而變得溼滑的邊坡。

是記憶騙了自己？還是這座表面上看來無所畏懼的安靜森林經歷了一陣驚天動地的翻騰，只是表面上看不出來，實則已然深深地改變了？

美雪找到一根樹墩坐下，不是為了讓身體休息，而是為了在回到圍繞村莊周圍的稻田之前，找回心靈上的平靜。

她抬起頭，看見天光直射下來，不同於從前，陽光通常得穿越層層茂密樹葉的阻隔，彷彿被枝葉給篩過。如此不同的林木空間組成，給了美雪一種新的方式去感受日光，每一棵樹，彷彿都在經歷過長期艱辛的戰鬥後，透過它們的曲度、彎度、弧度，獲得了更多的生命空間。

奇怪的是，最細小的樹並不是遭遇最慘的：它們的枝節彼此交纏，像是跳著五節舞——把衣袖高舉至頭頂五遍，在頭頂上翻袖擊打空氣，再由面前自然垂落——的細小樹枝毅然挺立，不似許多老樹向側面倒下，暴露出它們巨大的根部系統，揭開流淌著混合了腐爛木頭與濃稠汁液的傷口。

最令人費解的是鳥兒的沉靜。通常越靠近樹林邊緣，鳥鳴聲就越嘈雜，因為再過去便是村人活動的範圍，也是鳥兒糧食的主要來源。現在的靜寂讓人以為牠們全都棄林飛離了。

只除了一隻瓦灰色、有著藍色條紋的烏鶇。

就在離美雪不遠處，樹上的烏鶇靜止不動，像是一根還未敲到底的釘子。牠一定曾用非常快的速度飛向樹幹，因為牠的鳥喙正像箭尖般深深地卡在上頭。雖然牠應該是死於衝擊，但牠顯然仍有死後的反射動作，試著拍擊翅膀逃脫，因為牠的雙翅現在正是僵化成平展開來的模樣。

美雪不禁好奇到底是什麼造成烏鶇不由自主地衝向這麼一棵大樹，畢竟牠必定看得見也避得開這棵百年以上的樟樹，就算後面有獵食者在追捕著牠。

從樹墩上起身，美雪走近烏鶇。還未傾身，儘管樟樹散發出淡淡的香氣，她還是聞到了腐肉的臭味。那隻烏鶇早已死去多日，但牠的羽毛掩蓋了淌著血的腐肉上爬滿的蒼蠅和螞蟻，以及旁邊一窩骯髒的卵和蛆。

美雪向後退了一步。她從以前就很怕昆蟲，特別是會嗡嗡作響、飛到臉上，被驅趕之後還會不死心地猛往雙唇或眼角鑽探的那種蟲。

不過，這一次，這些在屍體周圍嗤嗤顫動的成串蒼蠅在美雪動都沒動之前便先散去了，牢牢定在樟樹上的烏鶇突然開始哆嗦，尾羽拍擊著空氣，並非出於生命力，而是因為一陣持久的震盪，來源不明，整棵樹都搖晃起來，不只驚動了烏鶇身邊的蟲，也傳到了烏鶇身上。

風聲越來越尖銳，樹枝相互摩擦的聲音像是死神之舞，此時一陣低沉粗啞的隆隆聲在地表上傳開來，彷彿有一片巨大的刀鋒在下方刮著地面。

地面上爬滿的苔癬像是在嘆息，隨路面板塊上升、下沉、又再次上升，像是一塊又厚又柔軟的棉被蓋在睡著的人胸前，隨著他的呼吸上下起伏。沒有苔癬之處，地表裸露之處，只見地面裂開形成的隙縫，彷彿一道道強力的閃電劃向乾燥的喬木林。

整座森林開始微微地搖晃。

美雪緊緊抱住樟樹以穩住自己，但是樟樹上下晃動得像是有人正抓著它搖，想搖落樹上的果子般。

於是美雪放開了樹，邊叫喊邊逃開。

逃出森林之後，什麼都沒有了；從前記憶中的梯田，現在只剩下一片泥濘的地土。田埂為難以抗拒的外力沖刷，已被夷平，無法保護它們應該保護的田地，還壓壞了稻稈，將田裡的水給趕到下一層田梗上。同樣的過程一再重複，讓原本丘陵上的稻田變成了起伏不甚明顯的波浪。

美雪毋須詢問平安京裡人滿為患的飽學之士、星象及天文專家、風水師與地理師，便已明白自己的村子歷經了一場浩劫，村人和穀倉都被活埋，田地被翻攪淹滅。

所有生命的痕跡都已被抹去，只除了存在回憶裡的舊日風景。

從前種滿牧草和農作物的土地，現在只剩下棕色泥巴混和著礫石，散發出火石的味道。

鯉魚池好像被混雜了各種碎屑的泥流給塞住了——好像，因為所有地標皆已被抹去，讓美雪無法確定自己以前的家在哪個地方，更別說是魚池了。

唯一殘存的遺跡，現在已看不出與被滅絕的村子有何關聯，也無從判斷它所處的地理方位。再說，這也不是什麼重要的東西，只是屋子灰飛煙滅後僅剩的一塊屋頂；幸虧原木屋脊使得屋頂保有了些許彈性，在牆面倒塌之後屋頂便整片落到了地上。現在它看來就像一隻被輾過的金龜子。

一個衣不蔽體的男孩蹲坐在上面，像個坐在獵物背上的獵人。儘管膿血髒汙了他的臉，美雪依然認得出他是白馬，陶匠的兒子。

美雪悄悄走向她認為是白馬的男孩，像是試著接近受驚的小動物般，因為他正身體蹲低，靜止不動，黑色頭髮直直豎起。

「白馬，你還好嗎？」

島江如此安靜，只有地底下間歇傳來低沉的隆隆聲，她完全無需提高音量。

「其他人呢？你知道他們在哪裡嗎？」

不，白馬什麼都不知道。或者他寧願什麼都不說。或者他受的驚嚇讓他說不出話來。

「你爸媽呢？」

孩子指著地上一道傷疤似的蛇形突起。這處的土地應該曾經裂開，吞噬了白馬的父母，而後裂縫再度合起。

「我猜這屋頂下本來有個房子，是你的家。不過你不會蹲在這裡等著房子重新長出來吧？」

男孩搖搖頭，他不是很聰明，但也不笨，至少不會相信房子長出來這種話。大人才會相信這種神蹟，用稀有的顏色在精緻的紙上莊嚴地書寫著傳奇故事，有些顏色甚至少見到無以名之，比方說讓人想到半開菊花的黃色，或者另一種黃，更為鮮明，用山竹葉混和牛隻的尿液發酵後得出的顏色，或是讓人想到粉紅百合花在金黃色天空下綻放的色澤。

「跟我說，白馬……」

「別叫我白馬，我現在是瓦礫。」

「瓦礫，」美雪輕輕地重複著。「好，瓦礫。」

「叫這名字，因為搖晃的地面，把全部都毀了。」

確實是地震，美雪心想，不知道自己那瓶雕著牡丹的仿唐陶製鹽罐怎麼了。經歷那麼多世代都毫無裂痕的陶罐，是母親唯一留下來的紀念品，也是自己與勝郎這麼多年歡樂的歲月裡，唯一還保存著，能夠摸得著的東西。美雪以前常想，若是陶罐有什麼閃失，還能仰仗白馬的父親修復它，這麼想總能讓她放心。可是，陶匠沒能於這場地震倖存，鹽罐現在應該也只剩下陶土碎屑和塵土了，碎屑中，將會有一絲往日的光芒閃過，就像沙灘上閃爍的白雲母。這是曾經看過大海的勝郎的形容，而她牢牢記著。

她不是很確定，但草川最終似乎是會流入內海。

勝郎說過好幾次，如果哪天沒有人再跟他訂購鯉魚的話，他就要改當鸕鶿漁夫。到時他想在坡度不高的內海沿岸定居，因為鸕鶿喜歡有遮蔽、深度不深的水面。勝郎看到兩個優點：他只需要一艘小船就夠了，而且美雪可以更放心，因為他不會離岸太遠。至於鸕鶿的馴化和訓練（他預計養個八隻或十隻，用雪松木纖維編成的繩子拴著），光想到他就覺得開心：他將擁有一群最出色的鳥，而且還是最熟悉內海灣區的一群，他很快就能向中國漁夫一樣放養，讓鳥兒自由自在的生長，不必再綁著牠們。

「你不想待在這裡對嗎，白馬？」

「瓦礫。」他語氣不悅地糾正。

「好的，瓦礫。」美雪語氣溫和，跟著重複。「那麼，瓦礫，小朋友，這裡什麼都沒有了，沒有東西，也沒有人。我們走了，好嗎？你看喔，之前那可怕的地震會再來一次的。你不覺得地面又開始震動了嗎？」

美雪以前從來沒遇過地震，但在島江的居民之中，那些年紀最長的人之間，有些人曾經歷過大地震，腳邊的地面硬生生裂開，讓他們倉皇逃離吐著惡臭之氣的龜裂大地，跑到喘不過氣來。

「在下面，」男孩感覺到了，「還很遠。」

美雪有些著急地說：「上來了，朝著我們來了，找上來了。我們該怎麼辦？只能跑了，快逃吧！」

「逃去哪？」

「逃到海邊吧，去河的盡頭。」

他盯著美雪，面露疑惑，他不知道海是什麼。美雪試圖解釋，不過該怎麼形容好呢？嚐起來鹹鹹的，波浪起伏翻騰，顏色難以言喻，浪濤聲轟隆隆，而且，深不可測？

入夜了，星星在空中閃耀，於是美雪以夜空蒼穹比喻大海之無垠。海浪則比較簡單：像是無止盡起伏的地面，就像島江的平原建立在一層流動的水上。

男孩專注地聽。他記得這個瘦弱卻有活力的溫柔女人，每次他從魚池裡上來，赤裸著身子發抖，身上的毛髮掛著水珠，她都會遞一塊布給他擦乾身體。所以，當她堅定地踏出離開的步伐時，他也就毫不猶豫地跟了上去。

草川已經讓人認不出來了。地震一定引起了海底深處的一道大浪，將河床移了位，將淤泥、細沙、水草和魚都給噴了出來；四面八方亂竄的大水把河裡的鯉魚給衝向遠方的平原，接著水退了，魚隻卻回不到河裡，窒息而死。

島江村人的命運是美雪不解的謎。從村裡的殘骸看來，只能猜想地震殺死了他們絕大多數的人，而剩下的自然能逃多遠就逃多遠。震波從西往東傳來，而北方是只能慢行的濃密森林，劫後餘生的人們大概會往南走，那也正是美雪和男孩現在所選擇的方向。

但是美雪不明白為什麼沒看見任何倖存者的蹤跡。他們死掉的話會怎麼做呢？四處都沒看見火葬用的柴薪，也不見隨意堆掩的墓。目光所及之處盡是一成不變的平原，平原為雪塊覆蓋，像是白雲在灰色的天空深處繾綣。

看著男孩雙眼流下奶黃色的淚水，美雪心想這應該是膿水，在男孩臉頰上滴成圖案而後乾凝。他的雙瞳在夜裡張大，然而泛紅的眼結膜透出明顯的疲憊，即使美雪對眼疾毫無認識，也能判斷出男孩應該是在倒塌的屋頂上日以繼夜待了很長的時間，望著平原四處尋找父母的蹤跡，尋找任何可能幫助他的人。

美雪也看到瓦礫細瘦身軀上除了瘀血及凝固的血塊之外，還累積了厚厚一層汙垢。認真盯著他，美雪覺得彷彿在照鏡子，因為自己也很髒，雙頰也被灰塵和雨水弄花，皮膚上有著紫色的斑點，嘴唇皸裂，黑色的長髮亂糟糟地糾結在一起，衣服又破又濕。

假使他們順利逃離可怕的震源，尤其是餘震的致命危險，如果他們倆人平安穩當地抵達內海沿岸一個接著一個的漁村，他們可以展開一段新生活——無論一起或者各自，等他們到了再決定。美雪能確定的是，身為大地震的倖存者，人們一定會對他們倆感到好奇，因為地震的威力一定連像四國島這麼遠的地方都感受到了。

雖然她不久前隨著人潮穿過羅城門時毫不在意外表——當時要進入皇城的是勝郎的鯉魚，黑指甲裡藏著泥垢的美雪不過是鯉魚的僕人罷了——她仍然希望能給神戶、宇部、岡山、福岡、屋島、日和佐小灣地方的人們留下好印象，如果她和那孩子真能到的了那裡的話。

「瓦礫，」美雪捏著鼻子說，「你真的很臭耶，小子。」

他雙手在胸前揮著，讓身邊的空氣流通，同時鼻子抽動著（他鼻孔深邃，狀似杏仁，裡頭絨絨細毛如同生杏仁）。

「不是我！」搧了很久的風之後，他說。「其實呢，是飄在空氣中的味道。死亡的味道，美雪小姐，發生了這些事，妳都沒注意到嗎？這味道第一天就有了，不過第一天妳不在。下雨的時候味道就會不見，因為雨水會讓味道回到地底下。」

「如果雨水可以趕走惡臭，那河水也可以。」

「啊啊，我才不要下水呢！河水太冷了，沒辦法在裡面洗澡。就在地震之前，我看見河裡流著很多冰塊，冰塊很大，而且中間是藍色的。」

「你不用全身浸入草川，只要坐在岸邊，我用我的雙手作為水勺，舀些水淋到你頭上，用河裡的沙輕輕摩擦，然後再用手舀水，然後……」

「妳知道嗎，」瓦礫說，「妳聞起來也很臭。」

美雪微笑。

「我把你洗乾淨以後，」她說，「換你幫我洗。」

他們沿著河畔走，找尋著一個合適的地方。夜幕低垂，變得深黑的水面映著滿月的光影。小瓦礫靜靜走著，不想驚動鳥兒，牠們之前已經被地震嚇夠了。若非聞到屍體的甜味，美雪還以為自己是在冬夜裡跟丈夫走在河邊。雖然原因不同，但勝郎也跟瓦礫一樣喜歡靜靜地走路；專注地想事情，他可以走很遠都不說一句話。

突然間，聽到一聲撲通，像是有隻青蛙受了驚嚇往水裡跳。是瓦礫跳進水裡，來回從河水的一邊游到另一邊。他的下巴劈開了河水，激起兩道小浪在他雙頰邊流動，看來就像鴨胸骨。

美雪不知道他會游泳。在島江，很少人會游泳。就連勝郎這位鯉魚王子，河中之王，水岸之皇，都不會游泳。會游泳很值得驕傲：一般人不會在草川坦露肚腹，舒展肢體，更不會模仿青蛙的樣子，只會雙腿穩穩地站在水中前行。

「一點都不冷，」瓦礫說。「水是溫的，來呀，美雪小姐，一起下來吧！」震源附近最深層岩石的劇烈摩擦，肯定產生並釋放了熱量，溫熱了河的底土和流經河底的水。

瓦礫雙手伸向河中倒映的月亮，張大嘴亮出牙齒咬向藍色的月暈，彷彿大口地咬著蛋糕。

輪到美雪下水時，她想讓水淹到自己肚臍就好。輕躍入水時卻忍不住發出小聲的驚叫，美雪只想快點上岸，邊跑邊把身體甩乾。

但河水比美雪想像的還深，都是瓦礫那副輕鬆的樣子騙了她。想上岸的她瘋狂踢水，卻覺得草川正緊抓著自己搖晃，像是要把她給震翻。她把自己穩住，使出渾身力量在卜背部和臀部用力。

就在這個時候，她看見了牠。

幽暗的草川裡浮現一道深沉又閃耀逼人的黑色，是一尾巨大的黑色鯉魚，或許是被地震給震出來的，以前緊貼在並不為人所知的河底，現在正半藏在水底爛泥之中。

鯉魚游上表面，張大有著四條柔軟觸鬚的嘴。長度超過一公尺半，重量肯定有一百多公斤，錐形的頭異常巨大，兩顆突出的眼珠可以看向相反的方向。

鯉魚扭著身子攀上了一塊凸起的溼軟黏土，看起來像一個腰部失去了支撐力的可怕老人，只能用爬的上去。

美雪想起曾聽夏目村長說過，人在受到重創或驚嚇的時候，靈魂會離開身體，就像樹木在受到暴風雨的摧殘以後，會掉落最豐美的水果。這些受傷的個體與仍然活著的靈魂，據說會待在原處，逐漸熟成，逐漸腐爛，直到變成汁液，滲進土裡。

勝郎是不是在這裡溺死的？逐漸加寬的草川河床，有著滾滾流動的石頭，一路衝向大海。而巨大的黑色鯉魚會不會就是他的靈魂變成的，要來完成他的訣別與蛻變？

可以確定的是，當美雪伸出手（她實在忍不住這股衝動）輕拂牠雙眼之間的口鼻，這隻黑色的大鯉魚並沒有躲開。

由輕觸成了撫摸，鯉魚更是看來非常享受。

美雪停下觸摸，將手抽回。鯉魚的其中一隻眼睛緊盯著她，像是在呼喚這隻手回來好好地愛撫自己，而另一隻眼睛則比較實際，貪吃地看著溺水的昆蟲。

美雪從沒看過這麼大隻的魚，更別說是一隻讓她如此信任的魚，儘管這尾黑鯉魚只要張開牠寬到無以復加的大嘴，就足以吞下她肩膀以下的整隻手臂。

她知道，有些河裡有著來自中國的巨大鯉魚。勝郎說過，在中國那邊，鯉魚來自一條叫做黃河的大河。黃河到了某個河段會突然窄縮並產生浪濤，從高處傾瀉而下，伴隨的水聲如雷，鳥兒都寧願繞遠路避免太過靠近。

棕黃色大漩渦捲著黃河裡的黑鯉魚從瀑布沖下去，消失在泡沫簾幕後方，那兒彷彿是個神奇的傳送門，將有些黑鯉魚帶到了日本的湖泊河川。

這是勝郎聽來的說法，他跟美雪說自己從來沒看過如此奇特的鯉魚，甚至懷疑牠們是否真的存在。

美雪脫下套在簍筐上的紅色包袱，把包袱裡的東西全部倒在男孩腳下。黃金發出幽微的光芒，蓬鬆的灰色糧票在風雨中彷彿厚厚的蛾翅膀輕拍著。

「你自己走吧，瓦礫。我要留下。」

她指了指還癱在凸起的黏土上的鯉魚，張開的厚唇大嘴看起來像是脫臼，淡淡的水霧從嘴裡冒出，直接噴向牠面前那張結在兩支竹子中間的蜘蛛網。美雪說，自己應該試著把魚放回河裡的，要是勝郎就會這麼做。不過這條魚又重又不好抓，放牠回去應該困難又費時。搞不好在她努力營救鯉魚的過程中，還會遇上餘震再度摧殘島江村的原野，一下子把草川河岸又給震裂，捲走地表的一切，包括瓦礫。當然，沒有人能預知將會發生什麼事，不過美雪堅持要瓦礫趕快走。

「瓦礫，這些都給你。」她指著包袱裡的東西說。「我再也不需要它們了。」

在對瓦礫解釋什麼是大海之後，美雪現在要跟他解釋什麼是黃金，還有能拿它來做什麼。至於那些糧票，她也不是很明白它們的用途，就用腳把它們都踢進河裡了。瓦礫把金子收起來放回包袱裡，重新把紅布繫上，再揹起來。美雪輕輕地吻了一下右掌心，沒讓他注意到就自己用這個吻梳理了他豎起的硬髮。

「走，」她敦促道，「走吧，瓦礫。」

他走了幾步，回頭，深深地凝視美雪。

「好吧，」他宣告說，「我要換回原本的名字白馬。」

美雪看著他，等他走遠。神明創造了虛無，讓人類將其填滿。管控、填補這世界的，並非存在，而是空無、不在、缺少、消失。什麼都沒有。誤會來自於人們始終認為能夠掌控些什麼才是活著，然而事實上完全不是如此。宇宙飄渺、微妙、難以捉摸得就像是天皇夢裡走過兩團霧氣中的女子足跡。

飄忽不定的世界。

細雨驟然飄下，歡樂的蛙鳴隨之而起。美雪看著黑鯉魚，想像著若抓住牠，為牠挖一座池塘，方便牠活動，而自己坐在池塘邊，雙腳伸進冰涼的池水中，有充足的時間觀看裡頭的魚，對牠訴說自己的生活，一直到園池司派遣使者到重建的島江村來訂購一批新鯉魚，這樣的生活多麼美妙。

雨越下越大，天空變暗，傳來咆嘯聲。隆隆聲尚遠，但逐漸靠近。美雪並不在意，她在想，帶著這樣的鯉魚前往平安京，會是怎樣的一趟路程？必得為牠編織一個很長的魚簍，至少得要人站著那麼高，而且還得是個高大的男子。運送的路上需要兩根堅固的竹子，最好是與魚鱗一致的閃亮黑色竹子，一根在右，一根在左，搭在兩名強壯的挑夫肩膀上，一前一後地小步前進。美雪微笑著想像園池司司長看見這隻魚的表情。此時傳來絲綢撕裂般的嘶嘶聲，地上有道小裂口，像是一隻狂喜的小狗朝著她衝過來，同時在地面打開了一道深深的裂隙。

她躺臥在鯉魚身旁，用自己的身體保護牠。

鯉魚聞起來有淤泥、粘液、腐爛葉子、破碎藻類、發霉木頭和潮濕泥土地的味道，類似勝郎剛從河裡上岸時散發的氣味，不太明顯的，微微的，略帶油膩的味道。在美雪的乳房下，鯉魚的心臟跳動著平靜而莊嚴的節奏，就像是某些早晨，勝郎與她做愛後的心跳。接著，勝郎會打開家門，她看著他的身影，框在門中，身上披著魚網、竹扁擔、軟木球和纏得亂七八糟的釣魚線，待會得在草川河畔梳理，因為昨夜，他和美雪沒有整理裝備，而是整晚緩緩地，久久地，一直在做愛。

封面插畫：Yuji Moriguchi

裝幀設計：張家榕

迪迪耶・德官

作家、劇作家，一九四五年生於法國上塞納省布洛涅比揚古。二十歲時出版第一本小說，一九七七年以小說《地獄約翰》獲法國龔固爾文學獎。其一生至今共出版二十四部小說及十餘部劇作。一九九五年被選入龔固爾文學獎成員，現擔任秘書長。目前亦擔任法國海洋文學協會主席。

林園水塘部

二〇一九年十一月五日　初版第一刷

作　　者　迪迪耶・德官
翻　　譯　賴亭卉
編　　輯　李潔
編輯協力　廖書逸、陳碩甫
發 行 人　林聖修
出　　版　啟明出版事業股份有限公司
郵遞區號　一〇六八一
台北市大安區敦化南路二段五十九號五樓
電話　〇二二七〇八八三五一
總 經 銷　紅螞蟻圖書有限公司
法律顧問　北辰著作權事務所

特別感謝廖珮如、竹內正浩協助日文譯名校對。

定價標示於書衣封底。

ISBN 978-986-97054-3-1

國家圖書館出版品預行編目 (CIP) 資料

林園水塘部 / 迪迪耶・德官（Didier Decoin）作；賴亭卉譯。
——初版—— 臺北市：啟明，2019.11。
312 面；12.8 x 18.8 公分。

譯自：Le Bureau des Jardins et des Étangs
ISBN 978-986-97054-3-1（精裝）

876.57　　107020877

Le Bureau des Jardins et des Étangs
by Didier Decoin